Liane Dirks

Die liebe Angst

Roman

Hoffmann und Campe

CIP-Kurztitelaufnahme der Deutschen Bibliothek
Dirks, Liane:
Die liebe Angst: Roman / Liane Dirks. –
3. Aufl. – Hamburg: Hoffmann und Campe, 1986
ISBN 3-455-01455-0

Copyright © 1986 by Hoffmann und Campe Verlag, Hamburg
Lektorat: Jutta Siegmund-Schultze
Schutzumschlaggestaltung: Hannes Jähn
Gesetzt aus der Baskerville-Antiqua
Satzherstellung: Fotosatz Otto Gutfreund, Darmstadt
Druck und Bindung: May + Co, Darmstadt
Printed in Germany

Unsre Schwester ist klein und hat keine Brüste. Was sollen wir mit unsrer Schwester tun, wenn man um sie werben wird? Ist sie eine Mauer, so wollen wir ein silbernes Bollwerk darauf bauen. Ist sie eine Tür, so wollen wir sie sichern mit Zedernbohlen.

  Das Hohelied Salomos 8,8

Es war einmal ein arm Kind und hatt kei Vater und kei Mutter war Alles tot und war Niemand mehr auf der Welt. Alles tot, und es ist hingangen und hat greint Tag und Nacht. Und weil auf der Erd Niemand mehr war, wollt's in Himmel gehn, und der Mond guckt es so freundlich an und wie's endlich zum Mond kam, war's ein Stück faul Holz und da ist es zur Sonn gangen und wie's zur Sonn kam, war's ein verreckt Sonneblum und wie's zu den Sterne kam, warens klei golde Mück, die waren angesteckt wie der Neuntöter sie auf die Schlehe steckt und wie's wieder auf die Erde wollt, war die Erd ein umgestürzter Hafen und war ganz allein und da hat sich's hingesetzt und geweint und da sitzt es noch und ist ganz allein.

  Georg Büchner, Woyzeck

Einmal kam eine Frau an unserem Fenster vorbeigeflogen. Ich war noch ganz klein, aber ich hab grad hingesehen, als sie flog.
Und da hab ich gelernt, daß Menschen nicht fliegen können. Sie landete mit einem dumpfen Knall auf den Steinfliesen im Hof, und meine Mutter sagte, die hat gar nicht fliegen wollen. Die wollte stürzen.
Ich dachte, stürzen könne man nur auf den Straßen, sich das Knie aufschlagen, von dem man hinterher den Schorf abpult. Stürzen konnte man also auch aus Fenstern. Wir guckten raus. Unten lag sie verquer und ruhig auf dem Stein. Alle Menschen redeten von Stürzen, Pillen, Schüssen, Stricken und Wassern, meine Mutter auch. Sie sagte, so würde sie es auch noch tun, weil sie so arm war und leider uns Kinder hatte.
Damals wohnten wir in einem großen alten Haus mit hohen Räumen mitten in Hamburg. Die Wohnungen waren noch aufgeteilt, die Küche gehörte allen. Im Schrank gab es Abteilungen, und jeder hatte eine Tas-

se und einen Becher, einen Teller und einen Topf, ungefähr so wie bei den Sieben Zwergen. Nachts, später, gehörte sie uns allein, wenn der Papa nach Hause kam und die Kochmütze auf den Tisch legte. Sich die durchgeschwitzte Jacke abstreifte, uns anstrahlte und rote lange Fleischlappen aus der Tasche holte. Nachts aß Familie Krisch. Leise, nur das Fett spritzte laut auf in der Pfanne und wurde schnell warm weggewischt.
Nachts holte meine Schwester sich eine kranke Leber und ich mir einen kranken Magen und wir beide uns die Liebe zum blutigen Fleisch.
Auf der anderen Seite des Korridors lagen zwei weitere Räume, dort wohnten unsere Tante Erna und »Scheißenochmal«, der hieß so, weil er das immer schrie, wenn er sich auf dem Flügel verspielt hatte. Tante Erna hatte einen Ohrensessel und eine schlanke Figur. Sie war lang, dünn, hanseatenhaft, sie hatte einen Schoß, auf dem ich saß und spitze Knochen fühlte. Bei ihr gab es die Gute Nacht abzuholen mit Geschichten, Küssen, einem Stück Schokolade. In Nachthemden liefen wir über den langen Flur, ich hatte schon das geerbte von Lou an.
Im Radio gab es einen Mann mit warmer weicher Stimme, der kam nach dem Lied, in dem man mit Rosen und Nägeln bedeckt wurde, zu sanfter lieblicher Melodie. Einmal sagte er, wir sollten etwas malen, Tiere aus dem Zoo, und es dann den Eltern zeigen und sie raten lassen, was es wohl sei. Er nahm uns

nicht ernst, ich spürte das und ärgerte mich. Malte eine Giraffe, die konnte ich schon. Den langen Hals würde keiner für einen Schwan halten.
Es war meine erste große Enttäuschung von Erwachsenen. Die haben sanfte Stimmen und sind jeden Abend so lieb und so pünktlich wie am Abend zuvor und nehmen einen nicht ernst. Man malt etwas und sieht etwas, und sie dürfen noch raten, was es ist, als wäre es nicht das Gemalte und das Gesehene und auch das Erlebte.
Die Giraffen kannte ich aus dem Zoo. In Hagenbeck waren wir oft, und eigentlich hatte ich dort Verwandte. Das erzählte mir meine Mutter, denn sie hatte, noch vor meiner Geburt, den Namen Jennifer für mich ausgesucht, aber dann kam meine Großmutter und hat es ihr gesagt, daß jeder Elefant in Hagenbeck so hieße, und da bin ich anhand der Liste zu dem geworden, was ich bin.
Meine Großmutter war klein und eine von den Pralldicken, denen der Busen mit sechzig noch steht, sie roch nach Parfum, schwerem, süßlichem und ein ganz wenig nach Mottenpulver. Sie hatte einen Mantel aus russischer Ziege mit kleinen Locken, liebte Schmuck und Ballettknaben. Ihre Wohnung war groß, und es gab dort einen dunkelhölzernen Schrank, in dem sie Schokolade hortete. Einmal, als wir zu Besuch waren, hab ich gefragt, ob es Schokolade gäbe. Sie sagte leider nein und zeigte ihre leeren Hände vor. Da hab ich auf den Schrank gezeigt und

gesagt, da sei aber welche drin, und darauf ist meine Mutter heute noch stolz.

Manchmal war ich allein bei dieser Großmutter. Ich weiß nicht warum, sie haßte mich und ich sie, Kinder waren ihr hauptsächlich lästig, sie zeigten ihr Alter her. Sie wollte keine Oma sein, ließ sich deshalb Muttioma nennen und von meinem Vater die runzligen Wangen und Hände küssen.

Wenn ich bei ihr war, kochte sie jedesmal Spinat, grün und suppig, und weil ich keinen Spinat mochte, bestreute sie ihn mit Zucker, das mußte ich essen.

Meine Mutter hatte Traueraugen wie Ingrid Bergman und blieb ständig unerfüllt. Es hätte alles so schön sein können. Ich liebte ihre Tränenaugen und wäre am liebsten darein gesprungen und geschwommen, umplätschert vom schönsten Leid der Welt.

Sie trug enge Röcke und rote Lippen, die Haare dauergewellt, weich aus dem Gesicht nach hinten in den Nacken gelegt. Die Augen schminkte sie nie. Sie nahm gelegentlich Puder und immer roten Lippenstift, kirschrot, blutrot. Wie wenn man draufbeißt auf die Lippen und ein dickpraller Tropfen sich aufquillt und drauf liegen bleibt. Sie trug einen BH und hatte noch nicht die kleinen braunen Warzen im Nacken, die ich ihr später immer mit der Nagelschere abschneiden wollte, weil sie mir die Hände bei der Umarmung abbremsten.

Auf Bildern sieht sie aus wie eine Maske. Eine Maske, die lächelt, eine Maske, die leidet, eine Maske, die

schön ist. Sie sieht aus, als hätte sie rauchen können und Whisky trinken.
Hat sie aber nicht. Nie.
Dafür hat er getrunken, und auf Bildern sieht er aus wie mein Vater.
Mein Vater war Koch. Das ist ein feiner Beruf, wenn man ihn gut versteht, das ist sogar eine Kunst, sagt man. Er hat ihn verstanden.
Gekocht hat er in den feinsten Häusern, die feinsten Sachen und wurde geknipst mit dem Menü und der Tafel und der Eisbombe und den anderen Köchen auch. Wann das Fleisch in die Pfanne, wann der Wein an die Sauce, das Fett die richtige Temperatur, der Eischnee steif und der Karpfen blau, das wußte mein Vater. Das beherrschte er, das lief und lief wie am Schnürchen. Hand in Hand und Topf an Topf.
Mein Vater hat immer im Hotel gearbeitet, da lernt man es am besten kennen, das Leben, und außerdem bleibt's provisorisch. Aufbauen, abreißen. Zelte und Betten. Umgebung und Freunde, Menschen und Leben und Lieben und Kinder, aufbauen und abreißen. Man richtet sich ein und ist jederzeit bereit, alles wieder aufzulösen. Die Zimmer haben das, was man braucht, und nichts von dem, was man braucht, gehört einem. Nicht der Schrank und nicht der Tisch, nicht der Stuhl, noch nicht mal das Bett, auf dem man schläft.
Meine Mutter wünschte sich immer ein Haus. Ein feststehendes. Mit Tür, Fenster, Dach und Garten.

Mit Zaun und Blumen. Er hätte es schaffen können. Er war gut und wurde besser, er hatte gute Posten. Aber Köche bauen kein Haus. Höchstens aus Marzipan, und das macht auch der Zuckerbäcker.

Zu Hause kochte meine Mutter, bis auf die Brutzelsteaks in der Nacht. Sie machte es rechtschaffen gut, sie war der beste Koch. Denn mach erst mal von nichts eine Suppe, wenn der Papa wieder alles versoffen hatte.

Mein Vater liebte rohes Fleisch und wildes Leben, saftige Weiber und Bier und Wein und manchmal auch Schnaps. Und anschließend den Kindern entschuldigend über den Kopf streicheln, über ihre Unschuld weinen und von der Frau beschimpft und geschlagen werden, so sollte es sein.

So war es.

Nachts erzählte er mir die Puppengeschichten. Wie die Puppen zwischen zwölf und eins in der Nacht wach werden und das Leben in ihnen sich lebt wie unseres. Sie reden und laufen können, weinen und lachen, schimpfen und abrechnen. Ja, nachts rechnen sie ab, wie die Puppenmutti sie behandelt hat den Tag über, ob sie sie geliebt oder vergessen hat, ihre Haare gekämmt und sie gestreichelt hat, sie anzog und ausführte oder sie an den Zöpfen herumschlenkerte und Trapeznummern spielte, dreimal durch die Luft und an der Decke antitschen.

Ob sie ihnen zu essen gegeben hat. Ja, auch das zählte, auch wenn man wußte, daß man selber schmatzen und kauen mußte, wenn man den gefüllten Löffel an den Puppenmund führte, in Wahrheit war es doch so, daß sie eine winzige Unsichtbarkeit davon aufnahmen. Wenn man vergessen hat, sie zu füttern, dann hungerten sie, und das erzählten sie sich nachts, die Pety dem Beppo, der Beppo dem Pezi, der Pezi der Erika und die Erika der Anja. Und anschließend erzählten sie es dem lieben Gott, denn zu dem haben die Puppen und Bären eine ganz besondere Verbindung. Der saß da und trug alles in sein Buch ein mit roter und schwarzer Schrift. Die rote war die gute, wie das Blut gefärbt, das man opferte, die schwarze war die Höllenschrift.

Ich saß da, wurde ganz andächtig, Papas Gesicht glänzte durchsichtig und heilig. Nachprüfen, belauschen, auf Mitternacht gar den Wecker stellen, das konnte man nicht. Sobald ein menschliches Wesen sich näherte, verstummten die Puppen. Nur im Traum, wenn man beim Einschlafen ganz fest dran dachte, daß man in die Puppenwelt will, in der man tagsüber abgestellt wird und nachts eine Stunde nahe an Gottes Buch verbringt, da konnte man, wenn man ganz lieb war, im Traum ein fernes Flüstern und Rascheln hören aus der Puppen- und Bärenwelt. Ich saß auf seinem Schoß, auf beiger Stoffhose mit braunem Ledergürtel und Hemdsärmeln um meinen Rücken drum, Ohr an sein Pochherz gelegt und hörte ihm zu. Er war der einzige Mensch, außer Gott, der auch Zutritt hatte zu dieser Welt. Der nachts, wenn er heim-

kam, und das war oft spät, hören konnte, was sie sagten, und dem sie sogar ihre Beschwerden vortrugen.
Und einmal hat ihm mein blauer Plastikkarpfen erzählt, wie traurig er war, daß er beim Baden nicht in mein Wasser reingedurft hat und nicht in meine Muschi reinschlüpfen. Ich frag ihn, was der Fisch denn da will. Er meint, da will jeder Fisch gern rein. Und ich sage, da kommt er aber nicht rein, das geht doch nicht. Er lächelt mich an, streichelt mich, und ich stelle mir vor, wie der Fisch in mich reinschlüpft und in meinem Bauch rumschwimmt und daß folglich der Bauch innen ein Teich sein muß mit blauem Wasser und daß auch ein kleiner Himmel im Bauch sein muß, weil über jedem Teich ein Himmel ist.
Dann muß ich vom Schoß herunter. Meine Schwester und meine Mutter kommen. Ich muß an den Tisch und mit Messer und Gabel essen und adrett sein, die Ellbogen eng anwinkeln, das Kreuz durchdrücken, und der Onkel Heinrich, der hat sogar seinen Kindern Bücher unter die Arme geklemmt beim Essen, die sie nicht verlieren durften. So haben sie die richtige Haltung gelernt. Damit man sich bei reichen Leuten nicht genieren muß, weil man den Anstand nicht beherrscht. Ich fürchte die Bücher, meine Schwester auch, wir essen aufrecht und angewinkelt, Papa zwinkert mir zu und ich ihm, wir haben nämlich jetzt ein Fischgeheimnis, weil er die Gespräche aus der Puppenwelt nur mir erzählt.
Mama zeigt uns, wie man die Suppe rührt, daß sie

abkühlt: flach mit dem Löffel eintauchen und so rühren, daß man den Teller nicht berührt, damit es nicht scheppert. Sie hat das in einem Pflichtjahr gelernt, das muß ein Jahr sein, das man nicht auslassen darf, weil es Pflicht ist. Das ist aber abgeschafft, da wird man es also überspringen dürfen.
Ich rühr die Suppe flach. Es scheppert. Ich zuck zusammen. Innen drin im Herzen. Das zuckt gegen die Rippen oder den Bauchteich, wenn der Löffel an den Teller stößt.
Dann hat mich meine Schwester an die Teppichstange gefesselt. Es war in demselben Hof, in dem die blasse Frau sich den Kopf verdreht hatte. Die Kinder spielten Marterpfahl, die Stricke hatten sie so festgezurrt, denn das Spiel war ernst und meine Schwester brauchte Indianer, daß mein lieber Vater mich blau angelaufen vorfand und befreite.
Er schimpfte mit der Schwester nicht, weil er was von den Indianern verstand, er sagte nur, sie dürfe es nie wieder tun. Sie hat es auch nie wieder gemacht.
Irgendwann hat sie als Häuptlingstochter beschlossen, die kleine Squaw zu beschützen.
Mit ungefähr drei Jahren gehörte ich zu den Apachen der Hamburger Hegestraße, kroch in Wolldeckenzelte und robbte auf Hinterhofrasen, schmückte mein blondes Haar mit Federn von toten Tauben und jaulte perfekte Schlachtrufe. Und damit gleichzeitig die Mama nicht stürzen sollte, achtete ich schon früh darauf, bei den wüstesten Spielen sauber zu bleiben,

mit weißen Strümpfen und gestärktem Wipperock, damit sie kein noch größeres Elend hatte.

Meine Schwester schaffte das nie. Sie hatte so eine braungelbliche Haut, besonders die Haut auf den Knöcheln war dunkler als die übrige, deshalb wurden ihre Finger geschrubbt und geschrubbt mit der Nagelbürste, die eigentlich für Nägel ist und nicht für die Haut. Und das half nie.

Meine Mutter fand meine Schwester immer schmutzig, sie wollte das Reine aus ihr rauswaschen. Das gelang ihr aber nicht, weil doch der Schmutz die Reinheit war, und ich mußte heimlich weinen, wenn Lou geschrubbt wurde und sich zum Schluß auch selber schrubbte.

Ich war blaß, und blaß war gut. Und ich lachte besser und bockte nicht so viel.

Als ich auf die Welt kam, da ging meine Schwester schon zur Schule und allein zum Zahnarzt. Was mutig war, denn sie hatte nur schlechte Zähne. Als sie die dann alle verlor und die neuen wuchsen, waren sie stark und weiß.

Sie hatte einen Bubikopf, ich kriegte auch einen.

Sie hatte lange dünne Beine, die wuchsen mir später auch. Zuerst waren meine kleine dralle Stampfer, auf denen ich unverwüstlich der Welt trotzte.

Als man mich knipste, rutschte ich mit ernsten aufgerissenen Augen unten aus dem Bild raus.

Es fing an. Die liebe Angst, die liebe wütige Angst fing an.

Mit vier Jahren stand ich auf dem Schiff. Wir winkten Hamburg zu. Am Kai standen Menschen, die schwenkten ihre Arme durch die Luft. Von unseren Freunden war keiner dabei, auch nicht von den Verwandten. Unser kleiner enger Kreis verschob sich ins Warme. Meine Mutter, Lou und ich. Der Vater war schon vorgereist. Aber ich winkte allen. Meinem Hamburg, den Straßen, dem Fischmarkt, dem Hafengeruch, dem Schiffetröt, dem Aaleaale, der Muttioma, der Tante Erna und dem Scheißenochmal. Ich winkte allen. Das Herz hing nicht in der Hose, auch nicht in den Kniekehlen, das Herz machte plumps und schwappte im Wasser und schwamm ein Stückchen mit raus wie das Lotsenschiff vorneweg. Richtung Atlantik, Richtung Wind und offenes Meer, dann machte es kehrt und trieb im kloakigen Hafenwasser herum. Manchmal hab ich's aber auch im Kielwasser gesehen, mittschiffs, Reling und Steuerbord, Neptuntaufe und Hurrikan, island in the sun und sonst noch wo, bei lauter fremden Wörtern.
Wir waren auf der Oranje Nassau und fuhren ins Warme. Dorthin, wo der liebe Vater schon seit drei Monaten kochte, alten Engländerinnen die Nase puderte und Betten mit weißen Netzen für uns frei hielt wie Käscher für schöne Schmetterlinge, die man fängt, in Alkohol tunkt, eine Nadel ins Kreuz und die feinen Falterchen hübsch breit zieht, auf Holz piekst und Glasdeckel drauf und Schönheit für immer.
Wir fuhren mit Frau Pfeil, genannt Pfeilchen, die lieb-

te mich, die hatte einen netten schönen Mann, der liebte meine Mutter, die noch immer aussah wie Ingrid Bergman, und wer geht der schon aus dem Weg. Ich war der Star an Bord, das Kind mit dem süßesten Gesichtchen, dem lustigsten Lachen und den riesigbraunen Augen. Das so fein essen konnte, so wohlerzogen war und als Fliegenpilz die Neptuntaufe entgegennahm. Die Stewards und der Kapitän, die schleppten die Süße herum.

Essen mußte ich im Speisesaal für Kinder. Es gab Spinat mit Zucker. Meine Schwester durfte die knusprigen Tintenfischchen knabbern und die Hummerarme auslutschen. Wir sahen fliegende Fische, die nicht stürzten und hübsch widersinnig in Wasser und Luft lebten, und wurden von der schönsten strahlendsten Mutter ins Schwimmeschaukelbett gebracht. Die Mutter trug Weitrockkleider mit Spaghettiträgern, Stöckelschuhe und Schmetterlingsbrillen, rote Blutlippen und Chanel No. 5.

Und dann landeten wir auf der schönsten Insel der Welt. Barbados. Der Papa stand da, schlank, groß und braun, hielt die Arme auf, und mein Hafenherz hatte Flügel gekriegt, war nachgekommen, setzte sich auf seine Schultern und flatterte mit den Schwingen. Ich schmuste an dem sonnenwarmen Hemd, und aus den Augenwinkeln heraus sah ich mir zum ersten Mal Neger an.

Meine Mutter bekam fast eine Herzattacke, als sie sah, daß die kleinen Negerkinder, die auf dem Kai standen, die gleichen Nylonkleidchen in Rosé, Hellblau oder Weiß trugen, wie ich eins anhatte zum Empfang auf der fernen Insel. Lou war stumm, sie schaute nur um sich. Dann sind wir in das Hotel gegangen, wo wir die nächsten zwei Jahre wohnen sollten. Marine-Hotel, alter Kasten mit hohen Zimmern, Lunch und Dinner, Boys und Bitter Lemon. Puder, Mottenkugeln, Moskitonetze, Kakerlaken und Tausendfüßler.

Wir packten aus.

Lou und ich in einem Zimmer mit Doppelbett und Schmetterlingsfanghimmel drüber. Papa und Mama in einem Zimmer mit Doppelbett und auch so einem Netz.

Nachts jaulten die Tropenhunde, und tagsüber waren wir Gäste. Zum Frühstück fein anziehen, in den Lift, den Boy kommandieren und down, vormittags raus in den Garten, an den Strand, mittags in das Zimmer, umziehen, in den Lift, dem Boy den Daumen nach unten zeigen und down. Abends noch mal, nur noch besser anziehen. Mama war außer Sicht, Papa in der Küche. Lou hatte bald eine Freundin.

Die Neger lungerten unter ihren Hütten im Schatten und spielten mit den Ratten »Kriegen«. Am Sonntag holten sie die Nylonkleider raus. Wir lernten schwimmen und Englisch und daß die Neger faul sind und daß die Eltern in heißen Ländern weit weg sind von ihren Kindern. Sie müssen immer trinken, sich treffen, mit lauter Erwachsenen zusammensein und in die Nacht reinlachen. Dafür war der Wind warm und das Wasser blau und die Büsche hatten sich rundherum rosa, rote, weiße und lachsfarbene Kelche aufgesetzt und hießen Hibiskus, und die Welt war größer und sanfter geworden, aber sehr weit weg. Immer lag ein Hauch Wind zwischen mir und der Welt.

Die Mutter trug Badeanzüge mit angenähtem Röckchen, der Vater kurze Schlotterhosen, Lou bald eine Uniform, denn sie ging zur Schule und ich in den englischen Kindergarten. Am Strand lag haufenweise Sand, die Wellen schlugen sich blautürkis und weiß hoch rauf in die Luft – wir lernten Krebse fangen: die Hände voll Sand nehmen, drauf auf den Krebs und rein in den Eimer. Abends jaulten sie in Papas Riesentöpfen.

Als erstes lernte ich Tauchen und Unterwasserschwimmen, erst langsam kam ich rauf.

Die Augen riß ich immer weit auf, um Salz zu tanken für die Tränen. An ruhigen Stellen am felsigen Strand konnte man die Fische genau beobachten, und ich weiß nicht, wie lang ich die Luft nachher anhalten konnte, aber die stumme Welt mit Druck auf den Ohren und den vielen hin und her huschenden Farben, die kannte ich bald.

Dann durfte ich bei meiner Mutter auf dem Rücken sitzen und mit ihr rausschwimmen wie auf einem Pferd. Jippije, die Schaumkronen spritzten, ich hielt mich mit den Händen an ihrer Schulter fest, juchhu, raus und rein in die Wellen. Beim Abtauchen mußte

ich genau den Moment kriegen, mich eng an ihren Rücken zu pressen. Arme um ihren Hals. Sie hat es mir gezeigt, und ihr haben es die Herren Hotelgäste gezeigt. Warten, bis die Welle kommt und kommt und näher kommt und größer wird, sich aufbäumt und zack! Ihr unter dem Kamm wegtauchen. Die konnten noch so hoch sein, wir kamen wieder raus, und ich saß quietschend auf meinem Mamapferd.
Danach bekam ich ein Brett, stoffbespannt. Aber das hab ich nie richtig gelernt, da drauf zu kommen und stehend an den Strand zurückzufahren. Da wollte ich ja auch nie hin. Ich wollte immer nur raus. Raus ins weite offene Meer, am liebsten auf dem Mamapferd, aber auch allein. Raus. Ganz weit. Dem Schiff nach. Natürlich legten immer wieder Schiffe im Hafen an, und manchmal lagen sie auch ganz weiß gegen den Himmel ruhig vor der Insel und hießen Kreuzfahrten. Die Oranje kam aber nicht mehr. Und auf die hab ich immer gewartet. Die sollte mir irgend etwas bringen, wovon ich jedoch nicht wußte, was es war.
Und natürlich ging mein Vater auch schwimmen, aber meistens mußte er kochen, er lebte nachts erst richtig auf, wenn die Küche zu war. Dann wusch er sich den Küchendunst aus dem Haar, zog seinen beigen Tropenanzug an, wischte seine Karibikaugen blank, nahm die Mama in den Arm und lachte allen zu und erzählte den Ladys und den Gentlemen von der größeren und weiteren und noch schöneren Welt, so wie er mir von den Puppen die Geschichten

erzählt hatte, erzählte er dort den Erwachsenen vom Leben.
Wir mußten gehen. Ich zuerst.
Boy! Daumen hoch und up.
Dann rein ins dunkle Muffzimmer. Licht an und Ventilator an. Die Tür hinter sich zumachen. Die Holzjalousien klagen gegen das Fenster. An der Wand sind ein paar Kakerlaken gebannt, tun verbissen dick und fett so, als gäbe es sie nicht. Im Dunkeln krabbeln sie weiter. Das Kleidchen ausziehen, die Sandalen, das Höschen. Alles fein ordentlich über den Stuhl legen oder davorstellen. Ins Bad gehen, in der Wanne krabbelt ein Tausendfüßler, aufs Klo gehen, die Spülung orgelt von unten das Wasser hoch. Das Gesicht waschen und das Handtuch vorm Benutzen ausschütteln. Fällt nichts raus. Licht aus, zum Bett gehen. Meine Seite ist die am Fenster. Das Moskitonetz aufteilen und schnell reinspringen. Auf dem Bett liegen. Kleiner Nackedei. Erstickte Luft einatmen. Der Ventilator surrt, es ist finster und weit weg, am Horizont, heißt das, da jaulen die gelben mageren Hunde. Die gelben Hunde treffen sich jede Nacht am Horizont. Wo das ist, das wissen nur sie. Die Erwachsenen kennen seinen Ort nicht, sie sagen, er verschiebt sich. Ich aber weiß, daß er da ist, wo die Hunde sind, der Horizont ist die Weite, ist der Sand, über den die Hundeschatten nachts zum Jaulen huschen. Der Horizont ist das, was es in Hamburg nicht gab.

Die Hunde tragen laut die Angst unter das Moskitonetz. Die Angst, daß es runterfällt und einen erschlägt, daß der Ventilator tiefer kommt und den Kopf scheibchenweise absäbelt, daß die Kakerlaken hereinspaziert kommen oder die Negerkinder mit ihren Ratten. So lange jaulen sie, bis die Schwester kommt und man einschlafen kann.
Sleep well in your Bettgestell, sagt die Schwester, kichert und schläft ein.
Manchmal kommt auch Pfeilchen, lächelt eine gute Nacht durch ihren roten Lackmund und duftet ein bißchen im Zimmer herum. Manchmal kommt auch die Mama, der Papa kommt nie. Der hat zu viel zu tun mit den Geschichten und den Whiskygläsern, dem Gin-Fizz und der Lady Liola, dem Tanzen und eben mit der Nacht.
Und manchmal spielt auch die Steel-Band am Strand, macht die Luft ganz dösig satt von ihren Klängen, schlagen sie auf Blech und tanzen unter Stangen her, biegen sich und beugen sich und kriechen, wie es keiner kann. Limbo lowenow, Feuer dran und runter mit dir, die Stange noch was tiefer. Dann liegt man im Bett, voll Musik und Tanzenegern, und der Horizont kommt wieder etwas näher.
Oh, island in the sun, built to be by my father's hand.
Tagsüber geht es mit dem Jeep zu Papa Frisch. Das ist ein alter grauer Mann, der mag uns allesamt, besonders Lou und mich, der hat auch einen Schoß wie Tante Erna, auf dem man sitzen kann. Er wird dann

ganz stolz auf uns, daß wir ihn mögen. Er hat weiße Haare und ein Hemd mit Palmen drauf. Er hat einen Jeep und eine Farm, die Hazienda heißt, da lebt er mit ganz vielen Boys und einer alten dicken Negermam. Die hat eine riesig breitgedrückte Nase, Knuschellippen, und man kriegt alles von ihr, was man will: Melone mit Eis, Kokosmilch und Limonensaft, Schokotörtchen und Mangomilch, Ananas und Küsse, Krebsarme und alles, einfach alles.
Papa Frisch erzählt von der Insel, von den Piraten und den Schätzen, die sie in ihrem Schloß hatten, von Queens Geburtstag und den Negern, vom Zuckerrohr und vom Rum. Limbo lowenow.
Ich kam in den Kindergarten, um Englisch zu lernen, das ich schon fast konnte. Dafür bekam ich eine Freundin. Sie hieß Viada, hatte blonde lange Haare bis zum Po, trug sie gebunden zum Zopf und war die Tochter von Lady Liola. Ihr Vater hatte keinen Namen, gar keinen, noch nicht mal Schaddel oder Babylein, er hieß nur Er, war groß und braun, hatte wilde dunkle Augen und sagte nicht viel. Er schlug Viada und Lady Liola mit seinem schönen braunen Ledergürtel, wenn sie nicht waren, wie sie sein sollten, und Viada kriegte dann blaue Schwielen. Mein Vater hatte nie geschlagen, aber Er hat es ihm beigebracht, denn einer muß es ihm ja beigebracht haben, also war's der braune Er. Und später hat der Vater auch gewußt, wie das geht, die Schnalle lösen, am Riemen ziehen und surr, mit einem Ruck raus aus dem Bund

und drauf auf den Leib. Also hat er es gelernt – auf der schönsten Insel der Welt.

Lady Liola hatte auch ganz lange Haare und einen straffen Zopf, aber der war braun. Sie war schlank und hatte lange Beine, viel später haben sie solche Puppen erfunden, wie Lady Liola eine war. Wir haben sie nicht oft gesehen, sie wohnten nicht im Hotel, sie hatten ein Haus, und vielleicht war Er ja auch mal Pirat gewesen, das war ihm zuzutrauen. Dann war Liola die Prinzessin, die Er geraubt hatte, oder die Königin und meine Freundin Viada die Prinzessin. Jedenfalls staunten alle Leute immer wieder, wenn sie Liola sahen. Einfach weil sie so schön war.

Mit Viada saß ich auf kleinen Stühlen und lernte: a doll – eine Puppe, a house – ein Haus, a man – ein Mann, father, mother, child – Vater, Mutter, Kind.

Sister – Schwester.

Meine Mutter lernte auch, bei zwei englischen Ladys. Die hatten sich eine ganz besondere Sprache aus England mit auf die Insel gebracht, die kam aus Oxford, und über diesen Ort, an dem es keine Ochsen mehr gab, gickelten Lou und ich herum, das fanden die Ladys nice, sie holten die Mackintosh-Dose raus und füllten unsere süßen Mäuler. Später wurden die Ladys unsere Tauftanten.

Ich konnte also mit vier Jahren schwimmen, Krebse fangen, Viadas Zopf kämmen und mich mit Mamas Puder bestäuben, Boys kommandieren, Limbo mit

Hundejaulen hören, mir den warmen Wind, das blaue Wasser und die Fischfarbenwelt als Ersatz für liebe Elternarme denken, und dann wurde ich fünf.

Manchmal nachts stand plötzlich der liebe Mond vor dem Schmetterlingsnetz, ich wurde wach, schlug die Augen auf, da hing das weiße Mondgesicht nah an dem Netz, sah aus wie der Papa und flüsterte gute Nacht, ich wollte nur schauen, ob ihr schon schlaft, und war doch nur der Mond. Und manchmal, wenn er blasser war und der Horizont jaulte, dann kam er durch das Netz und machte sein Gesicht ganz flächig vor mich hin. Die Mutter erzählte, daß der Alb die Brust erdrückt, ich wußte aber schon, daß es auch auf dem Gesicht geht. Er kommt nah und nah und nimmt dir alle Formen, blaß und weiß, sonst nichts. Legt sich auf dich drauf und drückt dich tot. Das hab ich aber nicht verraten.
Lou hatte eine Negerfreundin, ein Mischling mit genauso braunen Fingern wie ihre. Meine Mutter hatte mit dem Schrubben aufgehört, weil Lou jetzt über und über braun war und deshalb die Knöchel nicht mehr dreckig aussahen. Lou und die Negerfreundin gingen ins Land, krochen unter die Hütten, marschierten durch die Wälder und kletterten bald Palmen rauf. Und warfen mit Nüssen wie Affen, doing, doing.
Im Fluß gab's Piranhas. Einmal hat es eine Negerfrau erwischt, der haben sie ein Bein abgenagt. Am

Strand gab's Elefantenabdrücke im Sand von einer Frau mit einem dicken Fuß, die haben wir auch manchmal gesehen, wenn sie am Wasser entlangstampfte. Im Herbst hatten sie den Hurrikan angesagt. Im ersten Jahr kam er noch nicht.

Meinen Geburtstag feierten wir auf dem Balkon, der war so groß, daß alle meine Freunde drauf paßten, in die Mitte sogar noch eine große Torte. Ich hatte schiefe Haare auf dem Kopf, weil ich mit Viada Friseur gespielt hatte und ich die Kundin gewesen war. Eine Seite war kurz, die andre blieb lang. Meine Mutter hatte vor Schreck die Hände zusammengeschlagen, und die englischen Tanten riefen »o dear«. Mein Vater redete ganz lange auf den Er ein, daß ich dran schuld sei, erklärte er ihm, damit er Viada nicht schlug. Mir machte es gar nichts aus. Haare wachsen schnell.

Dann sollten wir endgültig unsere Namen kriegen. Lou und Anne im Namen des Herrn. Es war ein englischer Herr, der verlangte, daß Damen Hüte in seinem Haus trugen und man beim Beten kniete, und doch war es der evangelische Herr, wie uns der Pfarrer und die Eltern erklärten. Wir gingen mit den englischen Tanten, Papa Frisch und den Pfeils in die Kirche. Der Pfarrer nahm eine Schale, verschwand durch die Seitentür in den Garten, drehte dort einen Wasserhahn auf, ließ die Schale voll Wasser laufen, drehte den Hahn zu und teilte die Luft in der Senkrechten und Waagrechten. Dann kam er zurück, tröpfelte uns

Wasser auf die Haare und murmelte vor sich hin. Er sagte, wir würden nun heißen, wie wir schon immer geheißen haben, und der Herr sei auch zufrieden damit. Die Tanten puderten die Nasen nach, wir gingen essen im Hotel. An diesem Tag brauchte der Papa nicht zu kochen. Herr Pfeil saß neben Mama und rieb sein Bein an ihrem, Papa strahlte mit den frischen blauen Augen, ich durfte auf seinen Arm.

Am Abend brachte er uns zu Bett, mich zuerst, das war eine besondere Ehre. Ich brauchte dem Boy den Daumen nicht zu zeigen. Wenn der Papa mitfuhr im Lift, wußte der Boy von selbst, wohin die Reise ging. Er zwinkerte meinem Vater zu. Der Papa knipste das Licht an, schlug die Kakerlaken tot, zog mir das Kleidchen aus, die Sandalen und das Höschen, stellte mich in die Wanne und seifte mich ab, verjagte alle Viecher und gebot dem Horizont Schweigen, hob mich in das Himmelbett, streichelte meinen Bauch und erzählte mir von der Lady Liola, daß sie nachts im Meer wohnte und eine Meerjungfrau wurde. Ich kannte das Märchen schon, in dem die schöne Meerjungfrau über Steine gehen muß, scharf wie Messer, weil sie ihren Prinzen liebt, der ein Mensch ist. Und das war also die Liola. Ihr Haar sei die Nacht, erzählte er und streichelte mir die Beine, die Nacht, in der man sich verfängt. Er deckte mich zu, und ich schlief ein.

Später kam er wieder, brachte meine Schwester ins Bett und erzählte ihr dasselbe. Auch ihre Beine strei-

chelte er, aber ich sah sie nicht recht und schlief halb und schwamm selbst im Meer mit kurzen Haaren, und der Papa sah mich nicht, obwohl ich leuchtete wie die schönsten Fische und lachte wie die Affen, er hörte mich auch nicht.
Dann kamen die Piranhas und fraßen mich auf.
Einmal stand meine Mutter kopf. Da hat sie im prallen Meer eine Welle so gedreht und gezwirbelt, daß sie senkrecht mit dem Kopf nach unten im Wasser stand, oben guckten grad noch die roten Zehennägel raus. Blutrot stachen sie aus dem Blau. Wir mußten lachen, und trotzdem stockte das Herz, denn es schien, als wolle sie für immer so stehenbleiben – ein Denkmal für die Wirbelei. Die Menschen holten sie an den Strand, preßten ihr die Arme kreuzweise über der Brust zusammen, sie wurde wieder wach. Man trug sie an uns vorbei ins Hotelbett.
Lou begann zu malen, Hibiskus, immer wieder Hibiskus. Sie malte die Blumen so exakt auf das Papier, daß man ganz traurig werden mußte, wie fest sie da drauf waren und nicht mehr runter kamen und für immer so blieben.
Dann wurde alles anders. Wir brauchten Geld. Meine Mutter arbeitete in einem Supermarkt, tippte Dollars in die Kasse. Ich bekam im Kindergarten Essen. Mein Vater hatte wieder den großen Durst bekommen, wie so oft schon. Dann trank er und trank und vergaß jeden, besonders sich selbst. Schlug sich und schrie, kreischte und geiferte den Frauenärschen

nach, grapschte und riß der Liola am langen Zopf. Meine Mutter kroch in sich selbst rein, wie es die Schildkröten tun.

Wir fanden sie nicht, wir waren allein.

Das Moskitonetz hing dichter denn je. Wir lauschten die Nacht durch nach jedem Geräusch, nach Schreien, Schluchzen, Winseln, Poltern. Der Ventilator hatte alle Mühe, die dicke Luft zu zerteilen, auch kam der weiße Mond wieder ins Bett geschwebt und zerdrückte das Gesicht.

Wenn der Vater dann endlich müde wurde, wenn er die Nächte durchsoffen, sich mit dem Er geprügelt hatte und die Liola aus dem Meer raus war, wenn er die Kochmesser lang genug gewetzt hatte und ihm die Märchen für die Erwachsenen ausgegangen waren, dann kam er zurück. Dann war alles ganz still nebenan, nur die Benzinfässer schlugen im Takt. Die Schwarzen schrien die Sehnsucht in die Nacht, bis auch sie verstummten und nebenan die Sehnsucht Prügel bekam.

Die ersten Wörter noch leise, kleine Fäuste auf festem Rücken. Wimmern, und dann sauste die Wut auf seinen Kopf. Wir lagen steif im Bett, hielten uns an uns selber fest. Die Gefahr war groß. Die Gefahr, daß einer den anderen erschlägt, und was hatten wir dann noch. Mir rollten ein paar Tränen die Backen runter in den Nacken. Der Papa holte sich die Strafe ab, er wehrte sich nicht. Mama schlug, damit er lernt und besser wird und weil sie es anders nicht wußte.

Nach einer Weile wurde es wieder still.

Im zweiten Jahr fanden uns die englischen Tanten immer noch nice und stopften weiterhin die Mäuler. Papa Frisch war ruhig, sah uns allen zu, gelegentlich durfte man auf seinen Schoß.

Das Zuckerrohr wurde geschlagen. Die faulen Schwarzen mußten schwitzen, die Weißen tranken in die Nacht. Die Weißen wurden feucht und klebrig, die Schwarzen laut. Den ganzen Tag über dröhnte es von den Plantagen, die ganze Nacht war voll Musik und Trommeln. Limbo, bück dich jetzt. Die Negermam drückte uns an ihre Brust, es kamen neue Freunde dazu, die hatten ein Haus auf einer Klippe hoch oben überm Meer. Da hörte man es die ganze Nacht rauschen und sah den Mond sich spiegeln. Es schlug und knallte gegen den Fels, Crane Beach, da war es gefährlich zu schwimmen, und wir taten es doch. Im Land kauften wir Muschelmänner. Ich lernte noch immer mit Viada: a doll – eine Puppe, a father – ein Vater, a mother – eine Mutter.

Sister.

Die Katastrophe kam als großer Sturm daher. Alle wußten es. Er läge in der Luft, ständig, und es gab Zeiten, da wurde er stündlich erwartet. Wenn er kam, konnte er alles vernichten, was sich einer mühselig aufgebaut hatte, selbst die Affen konnte der Wind von den Bäumen reißen, und die Nüsse erst recht, doing, und den Fischen den Bauch zuoberst drehen und ihnen das Leuchten nehmen. Der Wind riß ganze Häu-

ser um, kugelte die Negerbabys über den Strand, verwischte die Spuren von der Elefantenfrau und ihrem Stampfefuß, hob die Palmen aus dem Sand, ließ das Wasser brüllen und brüllen und wirbelte die roten und rosa und weißen Blütenkelche durch die Luft.
Herbst war es.
Die Hitze stand über Crane Beach und Palm Beach, die Moskitos bissen sich dick und fett, die Ratten schrien lauter denn je. Beim Spielen drückte es uns schier in den Sand, so schwer lag der Himmel auf der Erde.
Wir fingen wieder Krebse, mehr als sonst, aber aßen sie nicht. Lou kannte inzwischen das Land, sie spielte wieder mit mir. Wir spielten immer noch die wilden Spiele, Indianer und Cowboy, wieherten durch den Sand in die Brandung, galoppierten barfuß ins Dickicht.
Meistens waren wir Robinson und Freitag.
Dann war es soweit. Der Sturm hatte einen Frauennamen, er erwischte uns, als wir gerade im Haus auf dem hohen Felsen waren. Die Wellen kamen bis hoch und knallten gegen die Fenster. Wir dachten, es reißt uns weg, deshalb hielten wir uns an den Wänden fest und ich mich an der Tür, ausgerechnet an der Tür, als könnte sie mich halten, und das war nicht wie Fliegenwollen, das war wie Sterbenmüssen. Mama schrie nach dem nächsten Schiff, und Papa sagte, Geduld und erst mal abwarten, denn solange diese Dame durch die Lüfte schoß, käme doch kein Schiff vorbei.

Ich machte mir Sorgen um unser Hotelzimmer und meine Muschelsammlung, die in Gefahr war, wieder zerstreut zu werden, um Viada und Papa Frisch. Um Pfeilchen nicht, die war im selben Haus, die stand auch gegen Steine gepreßt. Alle standen, keiner saß, dicht an der Wand und ich an der Tür, die sollte aufgehen in eine liebe, ruhige Welt. Das Meer klatschte ans Fenster dran, wollte rein, uns holen. Es war so laut, daß einem der Kopf platzen wollte. Das Licht ging aus. Mein Vater war der einzige, der sich noch bewegen konnte. Er holte eine Kerze, machte eine Flamme an in der dunklen Nacht.

Ich dachte, jetzt geht alles tot. Alles. Nirgends auf der Welt konnte noch etwas leben, draußen. Außer dem Haus gab es nichts mehr, gar nichts mehr. Die Welt mußte tot gehen, samt allem, samt dem island und samt Hamburg, samt Aaleaale und Papa Frisch, draußen starb es. Zum Schluß würden die Klippen noch stehen und das Haus und die Mama nach dem Schiff schreien. Wozu dann noch leben. Sollte mich doch der Wind holen und mit meiner Tür einfach wegblasen.

Es kam ein Moment Ruhe, wir hielten die Luft an, die Stille war schlimmer als alles Wellenschlagen und Geheul, der Himmel war schwarz. Als hätte man schon einmal den Sargdeckel aufgeklappt, so war es, zum Glück brauste die wilde Lady dann wieder los.

Am nächsten Tag sind wir in die Stadt gelaufen, das

Auto hatte der Wind zerrissen. Ein paar Schwarze fegten die Straßen, ziel- und sinnlos. Sie fegten Staub zwischen umgestürzten Kabelmasten und toten Tieren, zwischen Fensterglas und Möbeln, unter den Baracken grub man nach Menschen.

Viele Kinder waren tot. Wir lebten. Viada auch, auch die Liola und ich hätten doch tot sein können. Auch das Marine-Hotel stand noch da. Die Fensterläden hingen ihm wie lahme Flügel, der Park war wild drumherum, es hatte aber doch dem Wind getrotzt. Der Vater mußte wieder kochen, die Mutter wartete auf das nächste Schiff.

In der Nacht jaulten, glaube ich, zum ersten und einzigen Mal keine Hunde, auch die Blechfässer schwiegen.

Danach ging alles schnell, und das, obwohl er gar nicht wollte, dieses Mal mußte mein Vater gleich mitkommen, es war sowieso an der Zeit.

So sollte es auch später immer wieder sein, egal in welcher Form der Sturm stattfand, es kam einer, und danach war es an der Zeit. Wir mußten gehen. Nein, nicht gehen. Fliehen mußten wir. Immer nur das Nötigste im Gepäck. Und alles andere bleibt spurlos zurück, als sei es nie gewesen. Als sei überhaupt nie etwas gewesen. Als ginge das: einfach fortgehen und neu anfangen. Dabei war es immer wieder dasselbe. Nur daß beim Fortgehen jedesmal mein Herz krackste wie das vom Eisenhans. Dann sagte meine Mutter, der Papa hat wieder was angestellt, oder Schweinereien gemacht, oder nun ist es an der Zeit. Er war jedenfalls immer dran schuld, die Schläge in der Nacht reichten nicht aus, aus ihm einen anständigen Menschen zu machen. Immer mußte etwas geheimgehalten werden, die Welt konnte gar nicht groß genug sein für seine Schweinereien und die Orte nicht weit genug voneinander entfernt.

Das Schiff kam. Bananen unten, Passagiere oben, und die Koffer wurden gepackt. Keine Zeit, um Abschied zu nehmen. Zum noch mal durch die Räume gehen, Ventilator an und aus und dem Boy einen Kuß auf die Backe, keine Zeit für Viada und keine Zeit für die Tanten, dem Papa Frisch nicht noch mal auf den Schoß gesprungen. Alles schnell. Koffer auf, Kleider rein. Lou schnappt das Lederkrokodil, das noch eins werden wollte, so klein war es, hatte nur Mausezähnchen. Mama schnappt den Schildpattpanzer. Papa nichts, nur nach Luft. Sein Gesicht hängt auf Halbmast. Wind kommt auf, bläst die Wellen im Hafen hoch. Wir marschieren an Bord, im Gänsemarsch. Zurück, plötzlich. Diesmal ohne Spinat mit Zucker. Zurück plötzlich.

Winken Negerkindern zu und Hibiskusblüte, Wassermelone und Affen, weißem Mond und gelben Hunden. Jetzt den Horizont wieder in Deutschland suchen müssen. Doing, doing, fliegen Nüsse zum Abschied durch die Luft, der Schiffsbauch wird mit grünen Stauden vollgepfropft.

Vorsicht, Vogelspinne!

Vielleicht weinen die Tanten, wir müssen fort. Vielleicht trägt das Hotel Trauerflor, vielleicht fiepsen die Heimchen Salut. Die Steel-Band spielt zum Abschied tagfrohe Blechklänge. Wir winken. O island in the sun, der Limbo hat uns schon gebückt.

Der Vater schlägt die Hände vors Gesicht, nimmt sie weg und lächelt wieder müde traurig, in seinen Augen schwappt das Meer.

Die Mutter ist streng und dünn. Ich vermisse die Muscheln. Sie sagen, ich soll zurücklaufen und sie holen. Das kann ich aber nicht, denn sie würden doch ohne mich fahren. Sie lassen doch einfach alles zurück. Ich weine. Jeder hat etwas bei sich, Lou das ausgestopfte Krokodil, Mama den ausgehöhlten Panzer, Papa die Schwappaugen, nur ich, ich hab nichts, kein Andenken, mir wollen sie immer alles nehmen. Ich soll alleine gehen und die Muscheln holen, und da muß ich doch tun, was ich gelernt habe. Auf der Hut sein und bleiben.

Die Überfahrt ohne Pfeilchen mit Papa. Ich war größer geworden. Ich durfte schon im Speisesaal für Erwachsene essen. Tintenfischchen knabbern, die nichts Besonderes mehr waren. Alles war nicht mehr besonders, unsere braune Haut, die Taufe unter der Neptunforke, die Stewards und der Kapitän, das Schaukelbett. Diesmal half gar nichts. Auch der Papa nicht, die Mama sowieso nicht. Das Hafenherz war überhaupt nicht mitgeschwommen. Es steckte in einer Plastiktüte in einem alten Schrank im Marine-

Hotel, die Tüte würden die Boys finden und wegwerfen. Was soll's. Bloß ein paar Muscheln.
Wir haben wohl wieder die fliegenden Fische gesehen. Und ich sprach kaum ein Wort Deutsch mehr.
Dann kamen wir in Hamburg an.

Tante Erna war tot. Von den untergestellten Möbeln fehlte die Hälfte, die andere Hälfte war demoliert. Muttioma war nicht sehr erfreut, uns zu sehen. Onkel Heinz hatte es zu etwas gebracht.
Wir fuhren weiter nach München.
Das Leben ging in Bayern weiter. Papa kochte in den Vier Jahreszeiten. Wir lebten am Stachus in einer Pension. Frau Brettschneider, die Wirtin, war klein und rund, Herr Brettschneider lang und dünn. Er schnupfte Tabak, sie kniff uns in die Backen.
Alle fanden uns wieder süß, zu essen gab es Würste und Kraut.
Dann zogen wir nach Fürstenfeldbruck in eine eigene Wohnung mit eigenen Möbeln. Die Wetterprognosen waren günstig, von Sturm keine Rede, Mama legte die Locken frisch in den Nacken rein, herzte uns, lachte dem Papa in sein noch braunes Gesicht, der lachte zurück und hatte doch noch immer sein eigenes Wetter mitgebracht.
Und nie so, wie es hätte sein können und wie es doch nie hatte sein können und nie war. Immer anders.
Meinem Vater fehlten nämlich jetzt die heißen Nächte, der Schnaps schmiß ihn um, er trank und trank,

gegen irgend etwas trank er an. Ihm fehlte auch die Liola, und nicht nur die, auch die Boys und die Nacht und das Warme und alle Frauen und Knaben und Kinder der Welt, die Schreie über den flachen Sand, der schiefe Mond und das Netz überm Bett.

Lou preßte Blumen und malte Pferde, mit denen wollte sie wegreiten, nur immer weg, ganz weit weg.

Mein Vater ging ins Heim, ließ sich dort den Schnaps entziehen. Er wollte es so, wollte treu, brav und ordentlich sein. Meine Mutter hatte ihn sehr lieb zu dieser Zeit und wußte, das tat er nur für sie.

Als er zurückkam, sah er grau und eingefallen aus. Die Augen waren stumpf. Ich hüpfte ihm auf den Arm, er hielt mich hoch in die Luft und an sein warmes Herz gepreßt, die Arme schlang ich ihm um den Hals und fragte, schon wieder in Deutsch: Jetzt gehst du nie mehr weg, gell?

Da hat er ja gesagt, gelächelt, mir einen Kuß auf die Backe gedrückt, und ich hab ihm hinter die Augen geguckt, wo noch immer und für immer das Meer schwappte.

Wenn sie meinen Vater einmal begraben, dann werden sie den Sargdeckel zuklappen, und aus den Ritzen wird all das viele Meerwasser quellen, was er in seinem Leben mit sich herumgetragen hat, und im Grab wird's eine Pfütze geben, noch während sie den Lehm oder den Sand oder die Steine draufschaufeln, je nachdem in welcher Erde er liegt.

Aber jetzt hielt er mich im Arm, besann sich, daß er zwar den Schnaps nicht mehr sollte, aber doch uns hatte, die Ladys weg waren, aber auch ich seinen Geschichten lauschte, und ich durfte ganz lange auf seinen Armen bleiben, er streichelte mir den Rücken, sanft wie der warme Wind.

Meine Mutter sah uns an mit einem Blick von Ruhe und Wissen. Schweigen und Glück und Sichabfinden auch. Jetzt war die Liola weg, sollte er sich doch auf uns besinnen, wenn schon nicht nur auf sie, dann doch auf seine Kinder, die waren wenigstens von ihrem Blut.

Er lag noch im Bett, meine Mutter war beim Einkaufen, Lou in der Schule, ich hüpfte in der Wohnung rum, da rief er mich ins Schlafzimmer. Ein forderndes warmes »Anchen!« ging durch die Luft, schnappte mich im Kinderzimmer. Ich fand es seltsam, daß es aus dem Schlafzimmer kam, sonst stand er immer gleich auf, war wach und munter. Ich dachte, er sei krank, dachte auch an den Mond und drückte mit einer kleinen Angst die Klinke zum Papa- und Mamazimmer runter, wo immer all die Rätsel und das Unheil stattfanden. Er lag im Bett und war nicht krank. Sein Gesicht war groß, breit, aufgelöst grinsend, wie aus Gummi sah er aus, er lächelte mir zu. Er hatte etwas vor mit mir. Ich zögerte an der Tür, er sagte: »Komm doch her, Anchen, ich hab eine Überraschung für dich. Willst du sie sehen? Du mußt aber ganz nah kommen.«

Was konnte das also sein, was er dort sichtlich unter der Bettdecke verbarg, denn er hielt den linken Arm schon nach rechts rüber zur Bettkante hin am Dekkenzipfel, als wolle er die gleich lüpfen. Ich kam mit einem artigen Gesicht rüber zur Fensterseite an sein Bett. Er legte einen Finger auf den Mund und flüsterte: »Ich zeig dir was Schönes, aber du darfst es keinem weitersagen, daß du es gesehen hast, es ist ein Geheimnis. Versprichst du es mir?«

Ich nickte, flüsterte »ja«, und meine Artigkeit zog die Stricke an, fest um mich herum zum Gehorchen hin und band einen dicken Stein Trauer an die Schnüre, damit sie nicht aufgehen.

Er hob die Bettdecke, ich sah ihn, nur ihn und ein dickes steifes Ding aufragen in die Luft und ein strahlendes Gesicht und einen Mund, der sagte: »Na? Ist das fein?«

Ich staunte ihn an. Zog kein Gesicht. Das war ein großes Ding, was der Papa da am Bauch unten dran hatte, das lebte, zuckte und sah zu groß aus. Für irgend etwas zu groß. Wahrscheinlich für ihn.

»Willst du ihn anfassen?«

Ich schüttelte den Kopf.

»Das nächste Mal«, sagte er, »aber denk dran, keinem was sagen, auch der Mama nicht.«

Ich nickte. Ging wieder raus, langsam, mit meinen Schnüren und Steinen, zwei Steine, an jedem Bein einen, die zog ich hinter mir her. Die schleiften über den Boden.

Jetzt war alles aus. Es fing nicht an, es war aus. Alles.
Ich schloß die Tür und wußte nicht, was das war, wußte aber schon, es gibt ein nächstes Mal, und dieses dicke zuckende Ding, das wird das nächste Mal sein. Und es wird auch noch ein nächstes Mal geben und ein Immer.
An diesem Tag bin ich nicht mehr gehüpft. Am Abend hab ich alles der Lou erzählt, wir redeten von seinem Ding, das kannte sie schon viel besser als ich. Wir teilten das Geheimnis auf in zwei gleiche Stücke und rückten enger zusammen. Lou kicherte unter der Decke.

Dann kauften sie uns Stahlbetten, die waren grau und so gebaut, daß sie übereinander stehen konnten und Platz sparten und daß sie auch einzeln stehen konnten und gar nichts sparten. Rote dicke Plastikschnüre machten ein Gitter rundherum, eine Leiter hing oben dran, man konnte diverse Spielchen spielen, zum Beispiel Schlafwagen, Schiffskoje, Barackenlager, Höhle und Berg, Hütte, Unterschlupf, Haus oder Turm, je nachdem, wo man saß, ob oben oder unten.
Ich schlief oben, weil ich leichter war, und sollte ich nachts rauspurzeln, so würde es nicht so laut krachen. Zur Strafe schickte ich auf Lou meine besten Fürze herab, sie trat mir unters Kreuz, wir juchzten und quietschten, schmissen uns die blöden Puppenviecher an den Kopf, zwirbelten die Teddys

an den Ohren von unten nach oben, von oben nach unten.

Bis die Mama kam, die Tür kurz öffnete oder nur daran vorbeischlich, auch wenn sie leise war, hörten wir sie lauern, hielten die Luft an, verstummten und drückten uns die Teddys wieder ans Herz.

Wenn ein bißchen Zeit vergangen war, habe ich Lou sich manchmal bewegen hören. Rhythmisch, ein wenig schnaufen und hecheln, schneller werden, wieder verstummen, und wußte noch nicht, was sie da machte.

In der Nacht hörten wir sie sich wieder zanken. Mama kreischte, Papa schwieg. Er blieb wieder weg, trank klaren Schnaps, und an einem schönen hellichten Sonnentag, da stand die Mama in der Küche und schrie ihn an und schrie und schrie, wußte nicht wohin mit ihrer wilden Wut. Suchte sie im Schrank, fand einen Stapel Suppenteller, griff ihn und schmiß ihn mit voller Wucht vor Papas Füße. Weil der so dumm war und die Teller retten wollte, hat es ihn den kleinen Finger von der rechten Hand gekostet. Den schlugen die Suppenteller einfach ab, der lag zwischen Scherben. Mein Vater sah erstaunt auf seine Hand, aus der das Blut schoß wie aus einem Gartenschlauch. Meine Mutter kriegte einen Lachkrampf, schrie das Wort Idiot durch die Küche, so lange, bis die Küche verstand.

Lou bestellte ein Taxi bei den Nachbarn. Ich stand und guckte. Er gab keinen Laut von sich, keinen ein-

zigen. Als das Taxi kam, stieg er ein, fuhr ins Hospital, Lou wischte das Blut weg und hob die Scherben auf. Die Mutter lachte noch immer, saß am Tisch und lachte. Ich starrte sie an.
Am Abend kam der Vater heim, setzte sich an den gedeckten Tisch, war ruhig, aß, trank Tee und ging ins Bett.

Wir zogen weiter nach Rothenburg ob der Tauber.
Mein Vater kochte im Eisenhut.
Die neue Wohnung lag im Hochparterre in einem Drei-Familien-Haus, hatte einen Flur mit einer Abstellecke, in der später einmal Holundersaftflaschen explodieren sollten, um alles lila anzuschwärzen, die hatte eine große Küche mit zwei Fenstern zu zwei Straßen, weil das Haus an der Ecke lag. Ein Schlafzimmer, ein Wohnzimmer, beide hatten denselben Balkon, ein Bad und zu guter Letzt ein Kinderzimmer.
In den Flur kam eine Vogeltapete und eine Garderobe mit Goldkordel drumherum, zwei Bilder aus Barbados an die Wand, die beschlugen von innen bei Wetterwechsel. Man konnte annehmen, daß die schöne Insel im Nebel lag, wenn es in Rothenburg am nächsten Tag regnen sollte. Die Bilder jedenfalls lagen im Nebel. Der Schildpattpanzer kam dort an die Wand und auch das kleine Krokodil, ein Spiegel gegenüber der Eingangstür. Im Wohnzimmer lag der Teppich aus Hamburg, dem mußte ich samstags im-

mer die Fransen gerade kämmen, da stand der braune Schrank mit den Sammeltassen aus der Zone, der zweiwöchentlich poliert wurde. Das Sofa und die Sessel waren blaßrot mit Deckchen aus trübem Gold auf den Lehnen, damit das Rot unter den Deckchen dunkler blieb als das übrige Rot. In der Mitte stand ein Tisch, den man groß und klein machen konnte und rauf- und runterdrehen. Es gab einen Teewagen und einen Gummibaum. Die Gardinen hatten Wolkenform. Nach nebenan ging es ins Schlafzimmer mit dem riesigen Bett, dem riesigen Schrank, der Besucherritze, den zwei Nachtschränkchen, der Schminkkommode und dem kleinen Handtuch in Mamas Bett. Das waren Gästehandtücher mit chinesischer Schrift drauf, die schickte die Oma von drüben, die hatten einen Geruch an sich, der für mich später nur im Keller stattfand, und dieses Später ließ auch nicht mehr lange auf sich warten.

In der Küche lag ein grüner Teppich, der sah aus wie eine Wiese, eine Eckbank gab es, einen Tisch, zwei Stühle, einen schönen bauchigen Schrank in Hellbraun, einen großen Kohleofen neben dem Elektroherd. Der Kohleofen war auch zum Kochen da, er hatte Stahlringe, die man einzeln rausnehmen konnte, um den Feuerkreis zu vergrößern, unten drunter war ein Schiebewagen mit rechts Kohle und links Holz, an der Wand hingen drei Teller und eine Kuckucksuhr. Vor den Fenstern hingen Gardinen mit schiefen Karos in Rot, Gelb und Grün, die ineinanderliefen.

Die Küche war der zentrale Ort für einfach alles. Hier wurden Burgen aufgebaut, Cowboys zerlegten die Indianer und umgedreht, Puppen wurden abgefüttert, und Krach gab's. Kochmesser wurden gewetzt, ich machte die ersten Schulaufgaben, und mein Vater brachte mir die Liebe bei.

Im Badezimmer war alles sauber und hellblau und außerdem die letzte Zuflucht. Im Kinderzimmer standen die Stahlbetten jetzt an je einer Wand, Kopfende an Kopfende, und auf dem Bett mit den nun sinnlosen Stangen für das, was da drüber nicht mehr kam, steckten Kasperlefiguren, und ich schlief da drin. Es gab eine Puppenstube, die mein Vater später um ein Zimmer vergrößerte, einen Kaufmannsladen, Bären, Puppen, eine Blockflöte und einen Sekretär, an dem Lou lernte. An der Wand machten sich Winnetou breit und seine Schwester Ntschotschi, unterm Bett und hinterm Vorhang standen verschiedene Mörder und Gespenster herum, die kamen aber nachts erst raus.

Es war die Perkhoferstraße 22, eine wirklich hübsche Wohnung. Wir waren eingerichtet.

Über uns wohnten Herr und Frau Blanke, ein junges hübsches Paar, er dunkel, schlank und bei der Bundeswehr, sie blond, toupiert und Friseuse. Da drüber wohnten Niemeyers mit ihrem Sohn Didi, der eine Nervensäge war und später nicht mehr mit mir spielen durfte. Drumherum war ein großer Garten, der gehörte uns.

Das war der Garten, in dem ich meinen Auftritt als Glucke hatte, da spielte Lou Flugzeug mit mir, schleuderte mich an Bein und Arm im Kreis herum, ich bildete Banden, versuchte mich im Budenbau, aber es wuchsen keine Palmen, und ohne die riesigen Blattwedel konnte ich es nicht. Wir hatten drei rote Johannisbeerbüsche und Stachelbeeren, Rhabarber, Petersilie und Dill, im Sommer Gladiolen, im Herbst Astern, im Frühling Schneeglöckchen und Tausendschön.
Mein Vater brachte wieder die Steaks nach Hause, meine Mutter arbeitete im Weinausschank, Lou kam auf das Gymnasium, ich lernte Bayrisch und Flöte im Kindergarten.
Es hätte alles so schön sein können.
Die Tanten im Kindergarten wollten unbedingt als Tanten angeredet werden, sie falteten dreimal täglich die Hände zum Gebet. Wir beteten zu Jesus und zum lieben Christkindlein, was ein und derselbe war. Ich weigerte mich standhaft mitzumachen, denn das war doch bloß der Sohn und nicht der Herr.
Die Tanten hatten allesamt ganz glatte Gesichter wie Pfanniknödel und waren fürchterlich lieb. Ich hieß Annelein. Mein Zeichen war ein Fliegenpilz, der sollte mir sagen, wo mein Haken für die Garderobe und welches meine Blockflöte war und welches mein Kindergartentäschchen und wo meine Kindergartenschuhe standen, um den Boden zu schonen, mußten wir Hausschuhe tragen.

Pünktlich acht Uhr standen die Kinder mit ihren Müttern vor dem flachen Neubau mit den großen Fenstern und doch dunklen Räumen und wollten rein. Der Kindergarten war neben der Kirche, der Pfarrer guckte auch manchmal zum Fenster raus und lächelte. Ich kam allein anmarschiert, ließ meine Tasche vorm Bauch wippen mit dem giftigschönen Fliegenpilz drauf. Mama putzte und kaufte ein, Papa schob schon an den Töpfen rum, schrieb Listen aus über Fleischscheiben, Knochen und Gemüsekästen. Lou lernte.

Die Tanten zeigten uns derweil, wie man spielt, daß es nicht Sandwich heißt, sondern Vesper und Kakaofläschle, ließen uns Hänschenklein ging allein auf der Flöte pusten in die weite Welt hinein, dankten gen Mittag zum dritten Mal Gott für den wunderschönen Tag.

Wenn ich keine Lust mehr hatte, quatschte ich einfach auf englisch weiter oder erzählte den Kindern von den Piraten und dem Limbo. Die Tanten beschwerten sich über meine Lügengeschichten auf dem Elternabend.

Ich ging nach Hause, wir aßen zusammen, und am Nachmittag ging es in die Stadt.

Rothenburg ist eine Stadt mit einer Mauer drumherum, der Schlachthof und die Siedlung liegen außerhalb, innen liegt das Alte. Auf der Mauer kann man laufen, durch Schießscharten guckt man in die Welt und hat sogar noch ein Dach über sich. Da schaut man in die alten verwinkelten Gäßchen und auf brüchige Dachschindeln runter in eine kleine heilkaputte Welt. Man kann sogar in Fenster schauen von Häusern, die unterhalb der Mauer liegen.

Sehr bald erfuhren Lou und ich, daß in einem Haus, das sich bis hoch an den Holzrundgang reckte, eine Hexe wohnte hinter einem dunklen dreckigen Fenster, und wenn man dran vorbeilief und sie guckte grade raus, konnte sie einen Fluch über einen sprechen oder einen verzaubern in eine Maus oder in einen Elefanten, der wäre dann allerdings sicher durch die Planken gestürzt, deshalb verwünschte sie nur in kleine Tiere. Ich habe oft darüber nachgedacht, wenn ich Mäuse sah, was das wohl für Menschen waren, und hab ihnen nie etwas getan. Die Hexe konnte natürlich auch schlichtweg den Garaus machen, dann lag man als Aschehaufen auf den Planken und rieselte langsam durch, hatte aber einen guten Geist, der wegflog und Fee wurde im Wald.

Wir sind oft an ihrem Haus vorbeigelaufen, sie hat sich aber nie gezeigt, und vielleicht hat sie mich auch gar nicht gesehen, da hätte sie doch unbedingt fluchen müssen, ich hatte aber zu der Zeit bereits eine Tarnkappe, davon war ich fest überzeugt. Ich wandelte also gelegentlich unsichtbar die Mauer entlang.

Die Mama nähte mir ein Dirndl, Lou bekam sogar ein echtes aus einem Versand, mit Enzianen drauf und Schnürmieder. Wir bekamen Lackschuhe und

weiße Kniestrümpfe, die Amerikaner knipsten uns laut und bunt, meistens für eine Mark und waren sehr verblüfft, wenn wir in ihrer Sprache palavernd weggingen.
Auf dem Marktplatz ging das Glöckchen: Bürgermeister Nusch soff für die Stadt.
Im Eisenhut wartete Frau Pirner mit Eisbombe auf uns zwei Schwestern, strahlte aus ihrem mageren Körper auf unseren süßen Hunger.
Die Kellner machten Diener, ich durfte in die Küche, dem Papa in die Töpfe gucken und mit Mama in den Kellergewölben Weine suchen, die den reichen Leuten schmeckten.
Die Kinder auf unserer Straße waren frech und neidisch, wir waren fremd. Die Leute neben unserem Haus kamen aus Siebenbürgen, hatten von dort einen Opa mitgebracht, der immer schwarz durch die Gegend lief mit einer Kappe aus Ziegenfell. Die Nachbarn waren also auch fremd, aber anders als wir. Die hatte man vertrieben. Sie waren traurig, daß sie ihr Haus woanders bauen mußten als in ihrem Land. Sie hatten einen eigenen Verein, in dem sie sich bedauerten. Uns aber hatte keiner vertrieben, wir tingelten von selbst durch die Welt, so sah das zumindest für die Leute aus, und das fanden sie wirklich fremd.
Am Sonntag gab es bei uns meist Hähnchen zu essen. Ich machte mit Lou diverse Tauschgeschäfte, zum Beispiel Flügelknochen gegen Resteis oder Schenkelknochen als Zinsen für geliehene Groschen.

Bei Kaisers gab's Geschichten von der lieben Kaffeekanne umsonst, im Konsum Winnetou in Wundertüten und bei Salamander Geschichten mit Lurchi.
Unsere Phantasie war bestens versorgt, wir hatten da auch noch eine ganz eigene Quelle, nur daß die Geschichten aus den Läden fröhlicher waren.
Mittags mußte ich mich hinlegen. Meine Mutter brachte mich ins Bett, ich mußte mich mit dem Gesicht zur Wand drehen, weil man und besonders sie selbst auf diese Art einschlief. Ich brauchte auch gar nicht zu schlafen, ich sollte nur ruhen, Augen zu und ruhig werden, Lou hatte das früher auch gemußt.
Meine Mutter saß neben mir, streichelte mir über die Haare und sagte: »Wenn du nicht ruhig bist, bekommst du eine Schlaftablette.« Diese Pille war ein Schlag auf den Po.
Ich schlief nie, weil ich zur Wand gedreht immer von dem seltsamen Gefühl bedrückt wurde, etwas im Nacken zu haben, und das hatte ich ja auch.
Meine Mutter saß solange in der Küche, schlürfte ihren Kaffee. Auf der Tasse war ihr roter Lippenabdruck, später dann war sie wieder ausgeruht. Mein Vater sagte, entspannen müsse man ganz anders, flach auf dem Rücken liegen, am besten nackt, daß einen nichts stört, und tief atmen, langsam ein und langsam aus und ganz stark an nichts denken. Er konnte das auch. Ich hatte es schon mal gesehen. Mir half es aber nichts. Ich wurde tagsüber eine Stunde zur Seite gedreht.

Manchmal durfte ich meine Mutter frisieren. Ich legte ihr den lila Nylonumhang um die Schultern, sie rutschte tiefer, damit ich an den Kopf kam, dann nahm ich die Bürste und den Kamm, versuchte zu toupieren und Löckchen zu biegen, danach sah sie meistens aus wie unser Mop, und ich war traurig, weil ich ihr einfach nicht dienlich sein konnte beim Schönerwerden.

Mit dem Mop wurde der Küchenboden vor dem grünen Teppich abgewedelt. Einmal im Monat wurde gebohnert, das machte Lou, ich hockte auf dem Eisenklotz und ließ mich schieben.

Zum Spazierengehen gab es drei Wege, die wir abliefen jeden Sonntag, stundenlang, das machten wir allesamt gern. Wenn mein Vater mitging, wurde ich zwischen ihm und meiner Mutter an den Armen in die Luft gerissen. Das war das Engelsspiel. Lou pflückte Blumen für ihre Preßsammlung, steckte mir Juckpulver in den Nacken oder streichelte mir mit Brennnesseln die Arme rot. Ich warf ihr Kletten an den Kopf und hüpfte auf dem Feldweg rum.

Ein Weg ging an den Stefferlesbrunnen, einer zur Himmelschlüsselwiese, der andere zu meinem Berg. Anfangs wurde dort noch gelacht, Sumpfdotter und Enzian gepflückt. Die Gesichter mit Quellwasser gekühlt, im Winter Schneespuren gemacht und mit weißen Bällen geschmissen.

Im Winter wünschte ich mir Ski – bekam einen Schlitten; im Fernsehen liefen die Höhlenkinder.

Als ich krank wurde, ging meine Mutter mit mir zum Kinderarzt, dem erzählte ich, daß wir die Betten mit Backsteinen aufheizten, die erst in den Ofen geschoben, dann mit alten Windeln umwickelt unter die Decke gelegt wurden, weil er sagte, auf meinen kranken Bauch müsse eine Wärmflasche, und ich ihm erklären mußte, daß ich dagegen war. Der Arzt hatte eine Frau, die war Lehrerin in Lous Klasse, dort hielt sie am nächsten Tag einen Vortrag über das Speichern von Wärme in der Physikstunde. Lou schämte sich, als die Lehrerin sagte, sie habe gehört, daß noch heute Menschen die Betten mit Steinen aufheizen. Sie nannte mich ein Plappermaul, böse war sie nicht.

Ich hatte oft Bauchweh und bekam noch viel mehr. Das streichelte mir die Mama im Kreis weg. Immer rechts rum, saß sie neben mir, immer gleich, keine falsche Bewegung, Tee und Zwieback, Bäuchlein zeigen, immer rechts rum. Saß sie da und sah mich traurig an. Immer gleich.

Sie kaufte eine Wärmflasche und legte mir meinen Beppo in den Arm, bis ich – immer rechts rum – einschlief.

Wir waren auch wieder öfters allein. Papa und Mama arbeiteten abends, darum haben wir einen Fernseher gekriegt, und sie hatten auch wieder Freunde, ein Ehepaar wie die Pfeils, der Papa trank und lachte wieder.

Manchmal saß ich da, hab die Augen zugemacht und

hab gedacht, wenn ich sie wieder aufmache, dann kommt Viada angehüpft mit Schaukelzopf, oder ich steh im Lift, schau dem Boy auf seine schwarzweißen Hände und überlege, ob die Farbe nicht doch ganz abzuwaschen geht, nicht nur innen auf den Händen. Manchmal hab ich gedacht, wenn ich die Augen zumache und fest dran denke, wo ich sein will, was ich sehen will, dann brauch ich sie nur aufzumachen und bin dort. Ich konnte mich aus allem wegdenken und wieder zurück, wie ich wollte, die Welt war groß und weit, aber dann tat er weh, der Kopf und auch der Bauch, und Mama streichelte wieder rechts rum.
Der Fernseher war ein Schrank mit Schiebetür, weil meine Mutter nicht wollte, daß man die bilderlose Scheibe sah. Aus dem Fernseher kamen rechts und links die Rolltüren raus, auf und zu ging's, und ich beobachtete ihn anfangs scharf, ob nicht doch irgendwann die Männchen da rausmarschiert kamen oder ich nicht doch die Waschmaschine rausholen konnte, die ich der Mama schenken wollte.
Die Höhlenkinder waren Kinder, die lebten ganz allein, ohne Erwachsene. Ich habe von Woche zu Woche gezittert, ob sie es wohl schaffen und ob es ein Ende gibt. Auch hab ich einmal spätabends einen Gruselfilm gesehen, da war ich aufgewacht, als Mama, Lou und Frau Blanke vorm Fernseher saßen. Ich durfte bleiben und zugucken, wie Leichen aus Schränken kippten, Lichter flackerten, schwarze Kater auf Treppenabsätzen Buckel machten und Hände

hinter einem Bett rauskamen, ein schlafendes Mädchen erwürgten. Bis zum Schluß blieb ich tapfer sitzen, weil sie mich gefragt hatten, ob es mich auch nicht grauselt, und ich natürlich nein sagte, weil ich ja nicht wußte, was kommt, und auch weil ich dabeibleiben wollte. Wochenlang kamen dann die Träume zu mir, würgten mich mit unsichtbaren Händen, und hinter jeder Tür, die ich im Schlaf öffnete, kippten Leichen um.

Mein Vater hatte seit Fürstenfeldbruck sein zuckendes Ding am Bauch nicht vergessen und wollte nun genau sehen, was ich zwischen den Beinen hatte, diesen Schlitz da, den er zwar kannte, aber nicht genau genug, wie er mir das erklärte. Daß ich die Steine schon nicht mehr nur an den Beinen hatte, sondern auch im Bauch, das hat ihn dabei nicht gestört. Er machte das Geheimnis größer.

Er zog mich an einem Nachmittag, als er frei hatte und Lou mit Mama in der Stadt war, am Arm in die Küche rein und machte die Vorhänge zu, da wußte ich schon, was kommt. Das war mein Signal, der Auftakt, bei mir ging der Vorhang nicht auf, sondern zu.

Ich saß im Zwielicht vor ihm auf einem Stuhl und dachte, das müsse doch draußen einer sehen, da muß sich doch irgendein Mensch sorgen, wenn der Vorhang einer Küche tagsüber zugeht und nach einer halben Stunde wieder aufgeht, da muß doch einer kommen und klingeln, mich befreien mit einem Ton, ein-, zweimal, meinetwegen auch dreimal, das wäre zwar gefährlich – so zitterte ich vor meinem Vater rum, und der erzählte mir derweil mit seinem Gummigesicht, das er wieder hatte, daß ich mittlerweile ins Gefängnis kommen würde, mit dem, was ich da mit ihm mache, und er dann leider fortlaufen müsse und daß sie die Kinder wirklich hinter Gitter sperren, und ich stellte mir vor, wie meine Arme durch Eisenstäbe fuchteln. Aber die Gefahr sei nicht so groß, sagte er, wenn ich den Mund halten würde und ihm zeigen, wie lieb ich ihn hab, und er zeige mir dafür die schönsten Dinge, ich solle nur fein artig mein Höschen ausziehn und ihm meine Muschi zeigen.

Ich lernte von meinem Vater, was ein Kitzler ist und wie man mit dem Finger daran spielt, und er freute sich so sehr, wenn ich das tat, vor ihm, wie er es wollte, daß er ganz verzückt war und mich seinen liebsten Schatz nannte. Wenn ich damit fertig war und wirklich kitzlige Gefühle in den Beinen hatte und im Bauch, dann mußte ich auf seinen Schoß und Spuckeküsse tauschen. Papa gab mir seine Spucke in den Mund und ich ihm meine, und das wurde immer mehr, bis ich würgte und weinte und er genug davon hatte, aber, aber sagte. Dann zog er mir das Kleidchen wieder an, machte die Vorhänge auf und straffte sein Gesicht in eine glatte Form rein.

Ich wußte nicht, warum das so war. Warum sich mein Vater zuweilen auflöste und meinen Mund voll Spukke laufen ließ, warum es nicht klingelte und warum die Polizei schon auf mich lauerte.

Es wurde dann aber immer öfter so.
Lou sah zu der Zeit schon ganz alt aus im Gesicht und wünschte sich einen Freund. Sie hatte einen in der Klasse, den sie verehrte, der hieß Jack, der war aus Amerika. Er saß vor ihr mit einem mächtig breiten Kreuz, das malte Lou ab, dem Jack seinen Kopf von hinten, wie er auf dem Kreuz drauf sitzt, und es sah wirklich so aus, als hätte man die schwarze Wucht eines ganzen Waldes darauf ablegen können.
Meine Mutter mahnte Lou vor der Liebelei, sie achtete auch später sehr darauf, daß Lou kein Flittchen wurde. Sie zog ihr häßliche Schuhe und Röcke an, daß die anderen über sie lachten, aber alles erst, als mein Vater fort war. Jetzt trug sie noch bunte Kleider mit Pettycoat, trotz Jack, sie machte sich die ersten Locken in ihr schwarzes Haar und fing an, die Taille eng zu schnüren.
Ich spielte mit den Kindern Völkerball und wurde immer fester abgeworfen. Am liebsten war ich im Hotel bei Frau Pirner. In Rothenburg gab es auch ein paar Neger, die studierten im Goethe-Institut. Wenn ich sie sah, wußte ich immer, daß die schöne Insel kein Traum war, daß es Schiffe gab, mit denen man weg konnte, und hob mir alles für später auf.
Ich wurde sechs.
Meine Mutter ging mit uns zum Friseur, man sollte nun endlich nicht mehr die Folgen von meinem Kinderspiel sehen und die Haare sollten mir gleichmäßig wachsen. Der Friseur war alt und dick und hatte ei-

nen schweren Atem, meine Mutter sah das, ließ ihn aber atmen, weil er doch ihre Haare immer so schön gemacht hatte. Der Friseur schnufte und schnaufte aber immer mehr, ich hatte Angst, er schneidet mir die Ohren ab, sah im Spiegel, daß ich wieder schief wurde, da lief der Friseur blau an unter seiner Haut, holte noch mal ganz tief Luft, als gäb's gleich keine mehr, und kippte um.
Zwei Stunden später war er tot. Meine Mutter sagte, ich hätte einen Fluch auf dem Schädel, von jetzt an würde nur noch sie meine Haare schneiden.

Sie machte mir eine Torte. Weil ich in einer dunklen Zeit mit Regen, Nebel und Eis zwischen Totensonntag und Buß- und Bettag Geburtstag hatte, paßte sie meinen Geburtstag der Zeit an, dunkelte alles ab, holte mich früh aus dem Bett in die Küche, wo ein einziges Lebenslicht brannte. Das zitterte vom leisesten Hauch. Ich durfte zum Frühstück schon den Kuchen anschneiden, bekam eine wollene Unterhose in Grün, Wachsstifte und die Puppe Sonja.
Im Kindergarten sangen sie ein Liedchen für mich, das gefiel mir schon besser, aber alle sahen so aus, als wollten sie nur weinen.
Zu der Zeit hatte ich schon immer die Träume von den hohen tragenden Sprüngen. Ich lief in die alte Stadt durch die Siedlung, den Schrebergartenweg entlang, durch das Stadtmauertor am Friseur vorbei, zum Saufnusch hin ins Hotel rein mit Fliegesprüngen

im Lupentempo und doch ganz schnell durch lauter leere Straßen. Menschen gab es nicht mehr in meinen Träumen, die waren abgeschafft.

Zwischen meinem Geburtstag und Weihnachten wetzte der Papa wieder die Messer und wollte Mama schlachten, Lous Haut wurde blaß und gelb, zu der kam er nachts ins Bett. Mich zog er in den Keller runter, immer tiefer, ihm die Gürtelschnalle zu lösen und die Hose runterzuziehen. Sein Ding mußte ich reiben, hin und her, bis das weiße Milchzeug da rauskam. Dann wischte ich ihn ab mit einem alten stinkigen Lappen, der hing über der Kartoffelkiste.

Nachts betrat ich Turnhallen. In den Turnhallen hingen dicke Kletterseile von der Decke herab mit ihren knalligen Knoten und begannen leicht zu schwingen. Hinter mir schloß sich eine Stahltür, die Seile wurden fetter, mächtiger, größer, wurden ein dickes gewundenes Sisalmonster mit Knoten, unten rund, wie ein Felsbrocken schwang es auf mich zu, unabwendbar, immer praller, immer näher, bis es mein Gesicht berührte und ich wach wurde.

Lou erzählte mir von Gruselgeschichten, die sie in der Schule lasen. Gruseln in Englisch. Da rückten die Wände näher ran an einen, der auf einem Bett gefesselt war, oder ein Säbel pendelte sich auf eine Kehle herab und Ratten zernagten rechtzeitig Fesseln.

Ich hatte eine Gewitterecke, in die ich mich flüchtete. Bei Gewitter durfte man nämlich nicht essen und nicht trinken und schon gar nicht Geschichten erzäh-

len, denn Gott hielt eine Ansprache. Das hatte mir die Mama erzählt.
Ich saß in dieser Ecke, im Kinderzimmer hinter der Tür zwischen Wand und Lous Fußendenstahlbett, mit meinem Beppo im Arm, hielt ihn recht lieb fest und wünschte mir so heftig, daß dieser Bär groß wird, lebt und gegen meine Feinde brummt. Ich riß die Augen auf, starrte in die Welt, ließ auch das Träumen sein.
Was geschah, das geschah.

Im Advent sangen wir zusammen das Lied vom Kalender, »wie lange ist es noch«. Meine Mutter saß am Küchentisch und bastelte mit uns Sterne, Lou machte welche aus Stroh mit Bügeleisen, die waren gelb und zerbrechlich zart wie sie selbst, ich machte gröbere aus Glanzpapier. Ein Viereck genauso oft einschneiden und kleine Hütchen drehen, Watte an die Enden kleben, das soll aussehen wie Wolkenflaum, ist aber nur, damit sie nicht so stechen. Oder Ballsterne aus lauter bunten Kreisen. Ich beneide Lou um ihr Stroh, mache dann auch Strohsterne, aber aus ganzen Halmen, weil ich noch nicht bügeln darf.
Die Mama macht die schönsten.
Sie hat nämlich früher mal im Kindergarten gelernt, ein Jahr lang, bis der Krieg aus war, und da haben sie in der wildesten Zeit die schönsten Sterne gebastelt, weil, so was braucht man da, sagt die Mama, und also jetzt auch.

Ihre Sterne waren ganz kleine und ganz durchsichtig von lauter Spitzen und Mustern, in jedem Stern waren Monde, Welten und andere Sterne, die ganze Milchstraße schnitt sie mit der Nagelschere ein und aus. Dann wurden Nüsse golden gefärbt und Samtschleifchen schwarz draufgenäht.

Die Wohnung wurde geschmückt, über jedes Bild kamen Tannenzweige, selbst über unsere Wetterbilder im Flur und über das Heidebild, ein kleiner Zweig in den Gummibaum, ein dicker Ast an die Wand genagelt.

Da sollte einer kommen, also machten wir ihm Platz.

Am schönsten war das Plätzchenbacken mit dem Papa. Da war ich nun am besten drin von allen. Ich war die Verziererin, Herrin über Schokoguß und Zuckerstreusel, Marmelade, Honig und süßweißen Puder.

Der Papa zog dem Tisch die Decke aus und warf das Mehl auf die Platte, daß alles staubte. Ich hockte auf dem Stuhl und schlug die Eier auf, plaff, immer mitten rein ins weiße Zeug. Zucker, Margarine, eine Prise Salz, Vanille und Backpulver, und dann walkt und drückt der Papa mit den starken Händen alles durch. Lou und Mama gehen raus. Ich krieg ein Geschirrtuch um den Bauch und die Ärmel raufgekrempelt, dann hol ich die Ausstecherle raus und bestimme, wie viele Monde aufgehen sollen und wie viele Sterne, pflanze Tannen und pflück Pilze, mach Hexenhäus-

chen und Hänsels und roll aus Resten Brezeln zurecht. Papa paßt auf die Hitze auf, daß alle Sterne goldig werden. Dann wird garniert. Getunkt, bestäubt, gestippt, gepudert, dabei denken wir uns Feengeschichten aus und Weihnachtsmärchen von Zwergen und Schneefrierern, Nachtglühleins und Ofenspenstern. Der Papa erzählt auch vom Meer, was ich besonders gern höre, auch wenn das nicht zum Christkindlein paßt, man kann trotzdem die Ausstecherle machen. Wie sich die Fische Silvester mit geklautem Rheinwasser zuprosten, das sie hinter die Kiemen gequetscht haben, und die Haie Heiligabend ihr Gebiß rausnehmen und es den kleinen Schwärmerfischchen leihen und wie die ganzen Horizonte der Welt zu singen anfangen am 24. um 6 Uhr abends.
Wie's der Papa gehört hat.
Das wird das schönste Märchengebäck, wir backen bis spät in die Nacht an Papas freiem Tag. Bis ich mit roten Wangen und schwachen Armen ins Bett sinke.
Mama macht Baumkuchen, der ist das Feinste vom Fest, und den backt man mit Ärger, weil man für alles Feine hart zahlt. Da trägt sie die Schichten löffelweise auf, und das braucht und braucht. Klappe auf, Klappe zu, neben dem Ofen die zornige Mama, schlürft ihren Kaffee und verflucht dreimal das heilige Fest und auch mich und den Papa, weil wir immer lachen. Dabei tun wir das ja gar nicht immer, wenn die wüß-

te. Abends gibt's Kakao und Käsebrötchen. Lou und ich wünschen uns durch den Quelle-Katalog und malen Bilder für unsere Eltern.
Auf dem Marktplatz bauen sie den Weihnachtsmarkt auf – es gibt Reiterles zu kaufen. Das sind weiße viereckige Pappdeckel mit süßem Geschmack und einem Bild drauf, ein Mann auf einem Pferd, eben das Reiterle.

Es schneit.
Ich höre das Märchen von der Schneekönigin. Das liest mir die Mama abends in Teilen vor. Wie das arme Kind so starkes Fieber kriegt in dem kalten kargen Zimmer und die Oma kommt und dem Mädchen einheizt mit heißen Kräutern, es fiebert und zum Fenster schaut. Die dickste Flocke, das ist sie, die Schneekönigin. Eisig schön, frostig weiß mit einem Kindgesicht wie Milch und Honig, obwohl ich nicht weiß, wie man wie Honig aussehen kann. Rein ist sie, kalt und rein, warm, das ist unrein.
In der Nacht marschier ich los in ihren Eispalast, wo die Zapfen von der Decke hängen und aus der Erde wachsen und sie dasteht und auf mich wartet mit ihrem weiten weißen Flockenrock, der so groß ist und prächtig, daß er blendet und auch ihre eigenen Arme ganz erschrocken zur Seite stehen von der Pracht dieses Rockes.
Gläsern sieht sie aus, hält das Kältezepter in der Hand, das nimmt alle Not von den Schwitzigen und

Feuchten, den Ängstlichen und Eilern. Ihr Haar hängt blondgelockt auf ihre Schultern herab. Sie sieht nicht aus wie die Meerjungfrau, hat keine prallen Orchideen im Haar wie die Liola oder gar Korallen zwischen den Brüsten. Ihr Halsband ist aus weißem Stein, an der rechten Hand trägt sie den Nordpol, an der linken den Südpol. Sie sagt, komm, mein Kind, ich erlöse dich. Sie tippt auf meinen braunen Kopf mit ihrem Stab, ich werde eine Flocke und schwebe davon.

Im Kindergarten lernen wir, daß das Christkindlein mit einem Schlitten vom Himmel herabgeritten kommt, das donnert und klingelt zugleich. Es ist ein armes, liebes, halb totgefrorenes Kind, das alle beschenkt und selbst nur ein Hemdchen trägt. Ich möchte auch so sein. Ich möchte so fürchterlich lieb sein wie das Christkind.

Lou bringt mir schon mal das Vaterunser bei, das plapper ich nach, im Kindergarten ist mein Herz noch klein und rein, obwohl der Papa immer das Gegenteil erzählt.

Vielleicht hab ich zwei.

Kurz vor Weihnachten wird dann das Reiterle lebendig, kommt auf einem mächtig schweren Kaltblutschimmel über den Marktplatz daher, die Sternensinger gehen ihm voran, anschließend von Haus zu Haus. In ihren weißen heiligen Kutten singen sie sich die Einkaufstaschen und die Bäuche voll. Das Reiterle beschenkt die Kinder, ich krieg aber nichts, weil die

Einheimischen frecher sind und den Mann besser kennen. Also hasse ich den nachgemachten Affen mit seinem Klebebart und der weißen Altmännerperücke.
Die Mama kauft mir Mandelchen und sagt, ich soll nicht schimpfen. Das Reiterle sei lieb.
Die Mama findet immer alles lieb, was mir weh tut.
Zwei Tage vor Heiligabend kriegen wir Zuwachs in der Badewanne.
Ein fetter grauer Karpfen. Der muß im klaren Wasser baden, damit er uns anschließend besser schmeckt. Wir nennen ihn Gregor. Er gründelt auf dem Wannenboden, sieht sehr grimmig aus, ist aber munter, wie der Papa meint, nicht zu dick, nicht zu dünn.
Am Heiligabend wird er ein paar hinter die Kiemen kriegen. Er tut mir leid, aber ich weiß auch, daß er schmeckt, Lou streitet schon mit mir, wer das Kopfstück kriegt, während Gregor noch glotzt und das Maul bewegt, wie's nur ein Karpfen kann.
Mama bewundert den Gregor auch sehr, sie schlägt Meerrettichsahne vor, und blau soll er werden. Au ja, blau.
Dann ist es soweit. Papa kommt vom Hotel heim, krempelt die Ärmel hoch und packt fest zu. Der Küchentisch ist wieder nackt, wie bei dem Staubemehl für die Stecherles, da kommt der Gregor drauf. Der zappelt recht wild, will sich glitschig rauswinden aus Papas Händen.
Mama sagt i! und geht raus, ich sage auch i! und bleib drin. Jetzt haut er drauf mit dem stumpfen Mes-

serrücken, wir haben nicht das richtige Besteck, sagt der Papa. Gregor zuckt noch einmal hoch, quakt unhörbar seine Schreie in die Küche und stirbt. Mama lugt durch die Tür, kommt wieder rein, Papa schlitzt Gregors Bauch auf, das rotbraune Blut rieselt daraus, da meint der Gregor plötzlich, daß er doch noch einmal lebt und springt fast von der Platte, spritzt seinen Saft an die Wand, die Mama fuchtelt mit den Fäusten in der Luft, so 'n Schweinkram, igitt, Schaddel, warum hast du denn nicht aufgepaßt, Idiot, so 'n Schweinkram, schreit sie durch die Gegend, und ich weiß jetzt auch, wie Sterben ist. Papa schlachtet, Mama fuchtelt, Lou hält sich versteckt.

Dann wird aber doch die Wand abgewischt, und Gregor verfärbt sich im Topf, kriegt weiße Kugelaugen, die auch schmecken, im Wohnzimmer arbeiten die Engel.

Die Engel schmücken den Baum mit Lametta und Sternen, die wir für ihre Hände gebastelt haben, sie hängen Schokolade rein und Nüsse, rote, blaue und grüne Kugeln, setzen ihm eine Spitze auf den Kopf und Kerzen auf seine vielen Arme, legen Geschenke drunter für uns und zünden die Lichter an. Nur die Mama darf mit ihnen reden, die Kinder müssen warten, wenn ich aber Glück habe, werde ich sie noch sehen.

Ich weiß nicht, ob ich Engel sehen will, ich bin doch ein böses Kind, das verbotene Dinge tut, die Englein sind heilig und rein und haben keine Eltern, man kann überhaupt nur Engel werden, wenn man weder Vater noch Mutter hat, da zeig ich mich besser nicht, und doch würd ich gern die Heiligkeit sehen.

Wir ziehen uns fein an, Lou liest noch mal die Weihnachtsgeschichte durch, die wird sie unterm Baum auswendig erzählen. »Es begab sich aber zu der Zeit«, meine Strumpfhosen rutschen, die Haare werden gekämmt, der Papa holt den neuen Pulli raus und werkelt in der Küche.

Dann sitz ich im Kinderzimmer fertig auf dem Bett und lausche ganz wild in Richtung Flur und Weihnachtszimmer. Es ist dunkel, da hör ich sie, ich hör, wie sie rascheln und rauscheln, mit den Flügelfedern knistern, Lou kommt, der Papa sagt, ich glaub, es ist jetzt gleich soweit.

Und dann klingelt endlich das Glöckchen, wir stehen auf, nähern uns dem warmen Licht, Mama steht in der Tür, sie strahlt uns an, »na kommt, grad waren die Englein da, schnell, kommt, Anchen, da kannst du sie noch fliegen sehen am Himmel«.

Ich komm aber langsam, weil das Licht so glänzt, die Mama so schön ist und strahlt, der Duft so schwer nach Stolle und Fisch, weil ich Kerzen hab im Kopf. Wir betreten den Raum und staunen den Baum an, der so bunt und strahlend dasteht, leuchtet und funkelt nur für uns, ja, ich seh die Engelsfüßchen noch blitzen, Lou stellt sich auf und darf reden, warm und weich. Mir wird es ganz dasert im Hirn: »zu der Zeit, da Cyrenius Landpfleger in Syrien war... gebar Maria ihren ersten Sohn und wickelte ihn in Windeln und legte ihn in eine Krippe, denn sie hatten sonst keinen Raum.«

Dann kommt meine Lieblingsstelle, die ich mitflüstern kann: »und es waren Hirten in derselben Gegend auf dem Felde bei den Hürden; die hüteten des Nachts ihre Herde.« Das darf Lou alles sagen, wir hören ihr zu, sie verspricht sich keinmal. Ich weiß schon, daß ich das nächste Jahr die Geschichte erzählen darf, weil ich dann lesen kann. Ich werde es viel besser machen.

Dann ist sie fertig, und wir beschenken uns. Guck mal, das ist für dich, das hab ich für euch gemalt, oh, wie schön, ein Nüßchen dabei ins Maul, ach du Schreck, der Gregor, ruft die Mama, der fällt schon von der Gräte. Im Fenster brennt ein Licht für die Oma im Osten.

Silvester kommt Familie Götsche zu uns. Ich darf das Wohnzimmer mit Luftschlangen schmücken, Lou darf das natürlich auch. Wir stanzen Konfetti mit dem Locher aus Zeitungspapier, Mama backt Krapfen mit Marmelade und Senf. Wir kriegen Hüte auf den Kopf und Pappnasen ins Gesicht, die Mama wird ein Kätzchen mit Krallen und Schnauz, Papa der Kater und Götsches kommen als Clowns. Ihr Baby stellen sie im Kinderzimmer ab.

Bis Mitternacht bin ich dabei, schau zu, wie der Papa trinkt, die Mama lacht und mit Götsche tanzt, das ist

ein dicker Mann mit Glatze, Tischraketen krachen, ich werd geherzt und geküßt und beiß in scharfe Hefe, Papa gießt Blei und zieht mit mir an Knallbonbons, im Fernsehen ist Musik, und dann zeigen sie die Uhr, paff, da knallt's, in Rothenburg gehen die Glocken an, Raketen am Himmel, ich darf auf seinen Arm, die Mama drückt uns alle fest, ach, die liebe knallende Welt, macht rote Sterne in die Nacht.
Das wird ein schönes Jahr. Wir werden es noch sehen.

Es kamen Schnee und Eis über uns.
Im Garten rollten wir Kugeln, setzten sie aufeinander mit Kohlen und Möhren als Gesicht. Kochtopf drauf und Besen im Arm. »Steh stramm, Schneemann«, gab der Papa Befehl.
»Ay, ay, Sir!« schrie ich zurück. Die Handschuhe hingen voll klumpigem Weiß, die Füße rot und die Lippen blau, auf der Straße bildeten sich Mannschaften zur weißen Schlacht.
Eiszapfenpfeile hingen vom Dach herab, fielen spitz in den Schnee. »Kohomm, setz dich ans Fenster«, das hätt ich so gern gehabt, das Lametta wurde wieder eingesammelt, der Baum kam auf den Kompost. Wir knabberten Restliebe von Weihnachten.
Die Höhlenkinder merkten nicht, daß der Krieg aus war, sie trugen ihn mit sich rum.
Bei uns spitzte er sich aber noch und noch mehr zu.
Als gäbe es ein Rad, das sich immer schneller dreht,

der Papa hörte nicht mehr auf, Mama schlug und spielte Versteck. Lou hatte Blut zwischen den Beinen.

Der Winter in Rothenburg ist eben ein richtiger. Der Schnee ist hoch und weiß, wir fahren hölzern darin herum.

Mama kaufte sich Stiefel aus Fohlenfell, stampfte mit ihren Pferdefüßen zum Hotel. Papa hatte Durst.

Papa setzte das Silber um, die Mama holte es zurück, Papa soff die Nächte durch. Lou sagte, er hat auch junge Freunde, Lou sagte, auf der Stadtmauer laufen die Mädchen mit Löchern in der Unterhose herum, nur für die Jungs. Lou sagte, sie hat 40 Verehrer, ich zählte ihr die Namen auf, die kannte ich alle auch.

Mein Vater kommt. Er bringt mich ins Bett. Ich muß die Beine breit machen, mit dem Finger probiert er aus, wie groß ich bin. Er sagt, ich bin zu klein. Noch bin ich ihm zu klein.

Er sagt, man muß es üben. Ich probier's mit Haarklammern, die sind länglich und dünn, die schieb ich in mich rein, sie kommen nicht mehr raus, ich denk, ich muß verrosten.

Der Papa will mit seinem großen Ding in mich rein, es wird bluten, und mein Fleisch wird fetzig sein, die Turnhalle zerrt mich in die Nacht, was soll ich nur tun? Den Papa hab ich lieb, die Mama hab ich lieb, Lou hab ich lieb. Es stinkt nach faulen Pilzen im Traum herum, ich weiß nicht mehr, in wessen Arme.

Ich lernte flöten.
Zu Hause ging der Vorhang auf und zu.
Kurz vor Ostern fanden wir die letzte Dose Baumkuchen, und die Krokusse kamen raus.
Im Keller putzte ich sein Riesending ab, das platzte in mein Gesicht.
Ich wünschte mir einen Hund, groß und stark, ich wünschte mir einen Bären mit Tatzen, Krallen und Rachen. Ich wünschte mir ein Pferd mit Flügeln, Flossen und Motoren, ich wünschte, daß Winnetou kommt und fortreitet mit mir.
Ich wollte raus.

Wir gingen zum Herrn Pastor. Das hatten wir lange beredet, Lou und ich. Wir gingen zu unserem Pastor, der neben dem Kindergarten wohnte und manchmal aus dem Fenster lächelte, der Lou die Gebote lehrte, damit sie zum zweiten Mal vor Gott bestehen durfte, wir gingen hin.
Wir erzählten ihm die Wahrheit, mitten rein in sein blasses Gesicht. Alles, von den Nächten, vom Keller, von dem Tuch, von der Angst, daß wir Hilfe brauchen.
Wir fragten ihn, ob er uns hilft.
Er sah sich schnell um, ob uns auch keiner gehört hatte in seinem Büro, rannte raus, kam mit zwei Orangen zurück, die drückte er uns fest in die Hand.
Dann schob er uns raus und sagte nichts mehr.

Zu Hause waren die Pausen kurz. Die bunten Eier lagen wegen schlechtem Wetter hinterm Sofakissen. Lou lernte weiterhin vom Pastor, was es heißt, ein Christ zu sein. Ich lernte mit, heilig, heilig.
Lieber Gott, hilf. Hilf doch.
»Ich bin der Herr, Dein Gott. Was ist das? Wir sollen Gott über alle Dinge fürchten und lieben«, leiert Lou durch den Raum.
Es wird schlimmer.
Es ist eine Bombe, es muß platzen.
Ich wünsch mir die Lepra, dann hätte ich stinkige Hautlappen an mir, käme auf eine Insel und dürfte sterben, von selbst.
Der Sommer kommt. Mama näht uns Kleider. Mit Schürzchen und Blüschen. Meins ist klein und weiß mit Pfläumchen drauf, die wachsen im grünen Karree. Damit sitz ich auf dem Sofa und schau zu, wie die Mama den Papa schlägt am hellichten Tag, mit einem Schuh aus braunem Leder. Der Schuh gehört mir, Größe 34, Mokassin, den tragen sonst Indianer. Das Kleid wird feucht von Tränen. Die machen keine Spuren.
Papa kniet auf dem bunten Teppich mit gekämmten Fransen, Mama schlägt das Blut aus seinem Kopf, das tropft ihm aus der Nase. Schaddel, schaddel, schnäuzt es in sein Riesentuch. Mir rollen die Tränen über das Gesicht.
Ich gucke zu.
Sie brauchen mich.

Papa winselt, jammert vor sich hin, sie sollen aufhören, ich will es nicht mehr sehen. Soll er doch umkippen vor Schmerzen und verlornem Blut, soll ihr doch der Arm abfallen. Soll doch der Blitz kommen und sie treffen.
Sollen sie doch sterben, ich wünsch mir meine Eltern tot, ich will das nicht mehr sehen.

Es ist Nacht.
Wir schleichen um den Tod herum. Heute, heute, sagt Lou. Heute nacht. Der Papa hat Dienst, die Mama hat Dienst, heute nacht. Er geht an die Burschen, Mama weiß das, er versäuft das Geld, wir merken das. Heute nacht, sagt Lou, die schlagen sich tot.
Die Messer sind lang und haben schwarze Stiele. Ach, lieber Gott, mach sie stumpf, und die Klingen sollen reinrutschen wie im Zirkus, lieber Gott, schick die guten Geister vorbei.
Heute nacht, sagt Lou, du wirst es sehen.
Heute nacht.
Da ist es schwarz am Himmel, da hat einer Pech drangeschmiert. Da funkeln Sterne, der Zeiger klackt. Sie kommen bald, du wirst es sehen. Wir stehen auf. Die Herzen sprengen im Hals herum. Was sollen wir tun. Es gibt kein Wohin. Ein Messer ins Bett? Die Türen zu? Das dürfen wir nicht. Du sollst lieben und ehren. Was ist das heute nacht, Gott fürchten? Wir stehen auf. Heute nacht, sagt die Lou, sie schlagen sich tot,

sie nimmt mein Bett und trägt es fort, trägt es ins Bad, legt es in die Wanne. Befiehlt mich da rein.
In das Bad kam einmal eine Taube reingeflogen, durchs offene Fenster rein und stürzte sich krank. Der Papa hat ihr das Bein geschient. Dann flog sie wieder fort. Ich liege in der Wanne auf dem Federbett, heute nacht, Lou geht zurück, holt ihres, schließt die Kinderzimmertür. Legt eine Decke auf mich drauf. Schließt die Badezimmertür, dreht den Schlüssel um. Wir liegen in der Wanne. Uns gegenüber.
Halten uns an Federn fest.

Sie kommen heim. Die Haustür macht klack. Sie gehen in die Küche. Sie fühlen uns nicht. Sie schlagen los, die Schubladen gehen auf, die Messer klimpern, sie schreien leise, damit es die Nachbarn nicht hören, an uns denken sie nicht. Wir hören dumpfe Fäuste.
Tränen und Luft anhalten, klipp und klang und dang und paff, ein Schwein wird geschlagen, einer Hure der Leib aufgeschlitzt, sie wissen alles voneinander, wer so schlägt, der weiß alles.
Ins Bad ist mal eine Taube geflogen.
Und dann wird es still.
Du wirst sehen, heute nacht.
Und dann ist es still.
Sie schleichen herum. Suchen ihre Kinder. Sie rütteln an der Tür. Kommt raus, raus, los, kommt! Wir sind die Herren.
Die Riesen haben gekämpft, sie sind fertig.

Wir brauchen euch. Aufmachen! Macht auf!
Wir steigen aus der Wanne. Drehen den Schlüssel in der Tür. Zurück in ihre Welt. Kein Ende. Nur Angst gehabt, bis zum Tod.
Angst, die das Hirn zerfleddert und das Herz im Klosett verschluckt. Angst.
Wir tragen unsere Betten zurück, Kissen und Dekken, schauen zu, Frau Holle schüttelt sie für uns auf, gute Nacht, mein Schatz, gute Nacht, Papa, mein Anchen fein, gute Nacht, Mama. War alles Traum?
»Liebet Eure Feinde«, ich suche Gott in den Bettfedern, in Ritzen und Stangen und Stäben. Er ist fort, Mama schließt die Tür.
Sie brauchen uns.
Aber die Bombe platzt.

Ich habe eine kleine Freundin, die heißt Annegret Bürger. Ihre Haare sitzen bleich und glatt als Nachttopf auf dem Kopf. Sie wohnt nebenan bei den Leuten aus Siebenbürgen. Ihr gehört die Straße. Sie rotzt vor den Jungen aus, muß um sechs ins Bett, kriegt Watschen, wenn sie nicht gehorcht, ihre Mutter kocht Doppeldeckerpudding, unten gelb und oben braun, da darf ich auch von essen.
Es geht auf Pfingsten zu. Zeit für noch mal neue Kleider, die Mama sagt, sie hätten früher wirklich einen zum Ochsen erwählt, das war der kleine Opa. Annegret wird am Zug teilnehmen, der geht ritterlich alt durch die Stadt, raus auf die Wiese vorm Würzburger

Tor, da findet die Belagerung statt. Im Festzelt gibt es Wurst und Bier und lauter alte Trachten.

Der Mohn blüht im Korn, Wärme hängt am Himmel. Papa findet Annegret hübsch. Ich sag, er soll das lassen. Er will, ich soll sie holen. Ich sag, du hast doch mich. Annegret darf das alles nicht wissen. Die sagt es zu Hause weiter. Ich will, daß es unser Geheimnis bleibt, sonst muß ich mich noch mehr sorgen. Der Papa sagt, nur einmal.

Ich soll Annegret holen. In der Stadt schlagen morgen die Trommeln, Schäfertanz wird eingezäunt, die Gäste sollen zahlen. Ich hol die Annegret von der Straße. Die lacht und strahlt mich an, dein Papa kann immer so schöne Geschichten, flüstert sie in mein Ohr. Mein Vater sagt, wir sollen uns setzen. Er will jetzt mal was Feines tun. Wir ziehn uns bis auf das Hemdchen aus und sitzen auf dem Sofa. Annegret ist verwundert, mein Vater sagt, er sei ein Fotograf. Wir sollen uns kreuzweise die Arme biegen, einander an die Muschi fassen, er guckt durchs kleine schwarze Viereck. Wir lachen ihn an, er will uns schließlich knipsen. Dann zieht er uns wieder an, als könnten wir das nicht allein, und Annegret ist entlassen. Nicht zu Hause erzählen, nicht der Mami, nicht dem Papi und schon gar nicht dem pelzkappigen Opa. Nein, nein, schüttelt die Annegret. Du darfst auch wiederkommen. Sie rennt aber gleich davon. Ich bin mit meinem Vater allein und sag, die wird es petzen.

Die Trommeln schlagen in der Stadt, morgen werden

sie draußen lagern, wer rein will, muß zahlen und eine Plakette tragen auf der Brust.
Der Nusch wird saufen, die Fürstin in der Kutsche sitzen, und Gittie schleudert Blumen. Wir werden allesamt noch einmal am Straßenrand stehen, Mama, Lou, Papa und ich und in die schwarze Kutsche winken, Sträußchen fangen und Würstl essen, allesamt noch einmal ein kräftiges Prost, die Welt ist schön mit Apfelsaft und Bier juchhe, die Ritter brutzeln Schweine, Lämmer stecken am Spieß.
Wenn Pfingsten vorbei ist, wird die Polizei kommen und den Papa abholen.
Guten Tag, sind Sie Andreas Johannes Krisch?
Ja, einer von denen bin ich. Manchmal der und manchmal der.
Sie kochen im Hotel Eisenhut?
Ja, und nachts zu Hause Steaks.
Sie haben eine Frau?
Ja, ich habe eine Frau, die heißt Greta, die hat braune traurige Augen und dauergewelltes Haar und ein ebenes Gesicht.
Sie haben zwei Kinder?
Ja, Anne und Lou und vielleicht noch ein paar, von denen ich nicht weiß.
Haben Ihre Kinder braune Augen und braune Haare?
Ja, so sehen sie aus.
Sie haben aber helleres Haar und grüngraublaue Meerwasserschwimmeaugen?

Ja, die habe ich, die schwappen in meinem Kopf herum.
Sie müssen mitkommen, Sie sind verhaftet.

Auf- und zuziehen. Schubladenkästchen, auf und zu. Leer. Mit dem Finger über den Kaufmannsladen streichen und Staub zerreiben. Beppo an den Ohren zupfen, zärtlich, der kleine Dicke, ich wünsche euch viel Glück. Kasperles Kunststoffnase stupsen. Halma? Vielleicht Halma, gegen mich selbst. Mikado? Nein, keine Stäbchen tippen. Unendlichpuppen schneiden? Nein. Vielleicht doch Halma. Verlornes Herz über den Fußboden kicken. Langsam durch die Wohnung gehen. Küche. Gardinen hängen müde an der Seite. Licht auf abwaschbarer Decke. Fußdruck gegen Ofenkasten. Wetterbilder, muß feucht sein auf der heißen Insel. Golddeckchen gradezupfen. Teppichfransen kraulen. Balkontür auf und zu. Besucherritze mustern. Wetterbilder gucken, muß warm sein auf der heißen Insel. Vielleicht Halma, vielleicht die Sachen packen. Ein Bündel schnüren, Hänschenklein, in die weite Welt. So einen Stock über die Schulter nehmen, das Bündel dranhängen, losgehen. Geht nicht, kann nicht pfeifen.
Warten, in den blauen Himmel gucken und warten. Ich komm bald in die Schule. Dem Papa einen letzten Kuß auf die Backe. Sind Sie …?
Ja, der bin ich, Herr Dommwat, Sie kennen mich doch. Ein Bündel schnüren. Packen Sie das Nötigste,

in den blauen Himmel gucken. Bauchweh. Selber streicheln. Immer rechts rum. Backstein drauf, immer rechts rum, noch einen drauf, noch einen, Berg von Backsteinen drauf, Fäuste verschluckt, boxen sich wund gegen Magenwände, rot und röter. Rechts rum. Immer. Immer rechts rum.
Du kommst ins Heim, hat die Annegret gezischt und gegrinst. Geguckt haben sie alle. Hinter den Gardinen gestanden. Hurenbande haben sie gezischelt.
In den blauen Himmel gucken. Ja, wir sind eine Bande, eine wilde Räuberbande sind wir, sind wie die Piraten über das Meer geschippert, Papa und Mama mit Augenklappe und Säbel unterm Tuch um den Bauch. Gott hat auf das Schiff gerotzt und befohlen, gehe unter, der Teufel hat es tanzen lassen, die ganze lange Nacht, toten Mannes Kiste.
In den blauen Himmel gucken. Es ist so still wie in der Mitte vom großen Sturm. Gar nichts regt sich. Nichts mehr. Wetterbilder gucken. Bauch halten. Der wird wieder lossausen, der wilde Sturm. Aber der Papa ist nicht mehr da, er macht kein Licht mehr an.

Deinem Papa, hat die Annegret gesagt, gehört der Schwanz abgeschnitten, hat ihre Mutter gesagt, und dann der Kopf.
Mein Vater sah müde aus, als sie ihn holten. Er hatte seinen Tropenanzug an, als ginge es wieder auf große Fahrt. Er hat zu lange gekämpft, er lächelte wie einer, der allen verzeiht. Er trug kein Bündel, sondern einen

Koffer. Sie fuhren ihn nach Nürnberg, dann nach Ansbach, zum Schluß nach Starnberg.
Als meine Mutter ihn zum ersten Mal im Gefängnis besuchte, da ging sie durch ein Tor einen schmalen Weg zum großen Haus. Links wuchs Porree, rechts war eine hohe Mauer. Dahinter lag eine Schule, über die Mauer lugten Kinder.

Meine Mutter schickte uns fort. Wir fuhren zu unserer blonden Schwester, die hat es in unserem Leben nie richtig gegeben.
Mit Reichsbahn, Stulle und Umsteigen von Rothenburg nach Köthen/Anhalt. Koffer voll mit Wollstrumpfhosen und Dirndln, Kaffee für die Oma, Nylonhemd für Opa, Eva einen Petticoat. Mit Angst vor Grenzern in den Herzen.
Sie suchte uns ein Abteil aus, wir sollen immer da reingehen, wo nette alte Leute sitzen, laßt euch nicht von bösen Männern ansprechen, geht mit niemandem mit, zeigt den Grenzern den Ausweis hübsch und die Genehmigung, macht die Koffer auf und laßt sie schnüffeln.
Ja, Mama.
Wenn einer eine Reise tut, lustig ist das Zigeunerleben, faria.
Es ist schön, mit dem Zug zu fahren, die Welt zieht sich gleichmäßig weg, die Lokomotiven schnaufen.
Ich kannte ihr Gesicht nur von Bildern. Blond. Mit

Schaukelzopf und runden Backen. Fettes Baby auf Bärenfell. Eva hatte einen anderen Vater. Blond.
Viada-Erinnerung. Wir dürfen nichts erzählen, die Vorschrift für den Weg.
An der Grenze war der Aufenthalt lang, die Deutschen mochten sich nicht. Türen auf und Türen zu. Geruch nach Rauch und dunkelgezogene »aaas« im Mund von fremden Menschen. »Faahrkarte! Ausweis! Papiere! Visaa!«
»Na, ihr zwei, fahrt wohl ganz alleine, was? Mutig, mutig, die jungen Damen.«
Maulkorbleder und Hundespeichel auf meinen nackten Schenkeln. Ein kleines Kind fiel zwischen die Gleise, Aufregung, ob Ost, ob West, noch längerer Aufenthalt, Mitropalimo, Lou sorgte für uns.
Wir fuhren weiter, und ich dachte mir jetzt endgültig die Schwester aus, an die ich mich nicht mehr erinnerte. Lou hatte ein Bild und kannte sie auch, »die war doch in Hamburg. Weißt du's nicht mehr?«
»Nein, ich weiß es nicht mehr.«
Manchmal weiß ich gar nichts mehr und manchmal viel zuviel.
Was die Mama wohl macht ohne uns.
Ihr dürft aber nichts sagen, hört ihr? Gar nichts!
Ob sie den Papa besucht, jeden Tag? Ob sie wegfährt ohne uns? Warum hat sie uns allein gelassen, zu der Schwester geschickt, die sie vor vielen, vielen Jahren als Baby auf Bärenfell bei Oma und Opa ließ. Will sie uns auch da lassen und auf Bärenfelle legen? Be-

stimmt nicht. Sie hat uns doch lieb. Wir haben doch braune Haare. Ihre Farbe, Papas Farbe. Eva hat einen anderen Vater. Einen Wölfi. Einen Soldatenwölfi.
Als wir ankamen in Köthen/Anhalt, stand sie nicht auf dem Bahnsteig, Oma und Opa kamen auf uns zu mit einem Kuß rechts und links für unsere Backen, »na, meine Kleene« für den Kopf.
Oma hatte eine Warze auf der rechten Wange und runzlige Haut. Opa war klein und rund mit Schweinchenaugen. Eva stand vorm Bahnhof in der Taxischlange.
Die Stadt war grau, wir fuhren über das platte Land mit der abgesackten Erde und den vielen Dohlen auf den Feldern, im Auto mit einer neuen Schwester.
»Guten Tag, Eva.«
»Tag, Anchen. Erkennst du mich nicht mehr?«
Kopfschütteln.
»Groß seid ihr geworden, Kinderchen.«
»Ja, Oma«, sagte Lou.
»Na, Anchen, nu guck mal nicht so, es wird dir schon bei uns gefallen. Wir haben Gänse und ein Schwein, Hühner und Lady, ein schöner schwarzer Wolfshund.«
»Can't remember you.« Protest-Englisch.
Schweigen im Wartburg.
Lou nahm mich in den Arm.
Cörmigk hieß das Dorf. Mit einer einzigen befestigten Straße. Das andere waren Sandwege, mit Ablauf für das Wasser.

Knorriges Gartentor vor Wackelbude.
Hühnerstall und noch eine Tür. Ein Häuschen, ein Plumpsklo, ein kleiner Stall, eine Waschküche neben dem Stall, Fensterläden und Vorratskeller. Brötchen vom HO, Zibbelwurst aus Blechdose, Schmalz, Opa sucht den Senf: »Jib mich mal de Republik, meine Kleene.«
»Can't remember you.«
»Was hast du jesacht. Na, is schon jut, ich nehm ihn mer och alleene.«
Kinder vor der Fensterscheibe, »die warten schon auf euch, die wollen alle mit euch spielen. Das is Gärtners Gittie, die mit den Zöppen, die wohnt hier nebenan.«
Opa knatscht das Gebiß durch den Mund, Eva kichert. Lou schweigt, ich steh auf und geh zu Gärtners Gittie, die soll meine Freundin sein. Ich will eine Freundin mit Zöpfen.
Einen Tag später ging es zurück nach Köthen zur Polizei, ich dachte, daß sie uns nun auch verhaften. Wir wurden aber nur gemeldet und angeguckt und mußten zahlen.
Zurück mit dem Bus durch die Dohlenfelder ins Dorf.
Ich durfte das Wasser von der Pumpe holen in kleinen Eimern und die Hühner füttern. Lernte Eier suchen und Lady meiden. Die Gänse scheuchen. Auf dem Dachboden Evas altes Spielzeug rauskramen. Oma helfen. In den Konsum gehen, einkaufen, beim Metz-

ger in der Schlange stehen und auf Gehacktes warten, auf dem Nachhauseweg die Hälfte wegschleckern, im Schrebergarten die Erbsen pflücken, die Kinder lernte ich kennen. Fahrrad fahren auf Omas schwarzem Klapperrad und Budenbau im Schilf.
Es sind viele kleine Seen um Cörmigk gelegen. Überall wo die verlassenen Salzbergwerke absackten, bildeten sich Teiche und Seen. In so einem Bergwerk hatte Opa gearbeitet, das Salz zischte jetzt noch in seinen Lungen. Wir durften schwimmen und Frösche fangen. Sie im Schuhkarton sammeln und an die Gänse verfüttern. Ich lernte Eva kennen, die wußte viel über die Tiere und das Land, obwohl sie ein Stadtmädchen war, da bestand sie drauf, sie ging nämlich in Bernburg zur Schule, in ein Internat.
Eva war lieb, später wollte ich auch in ein Internat, und ich fand auch ihre Haare schön. Die Augen nicht, die erinnerten mich an meinen Vater. Sie waren blau.
Lou und Eva redeten viel über Jungs. Einmal erzählten wir Eva auch, wo unser Vater war. Sie staunte und glaubte uns kein Wort. Wir wären ja furchtbare Angeber, und du besonders, sagte sie und meinte damit mich.
»Can't remember.«
Eva lernte Russisch, und Gittie kam schon in die zweite Klasse.
Gittie wohnte bei ihrer Oma, neben meiner Oma. Ihre Mutter sah sehr zickig aus und war früher ein-

mal mit meiner Mutter auf dieselbe Schule gegangen und hatte meine Mutter immer Negerjette gerufen, weil die so braun aussah.
»Na, du bist wohl die Kleene von der Negerjette, was? Siehst ihr aber gar nich ähnlich. Was macht se denn, die schöne Jette, is se ne jemachte Frau bei euch im Westen?«
Ich ließ die Ziege stehen. Gittie mochte ihre Mutter auch nicht. Aber mich und ich sie, und deshalb gingen wir zwei zusammen auf die Pferdewiese, lange Hälse und weiche Samtschnauzen streicheln, Champignons pflücken und Räubergeschichten erfinden, schwimmen. Feuerchen anzünden. Ich hatte Streichhölzer geklaut. Buchse runter und weit pinkeln im Hocken. Blöde Jungs verjagen, Hühner scheuchen und Kirschen klauen in Schrebergärten. Himbeeren pflücken, Versteck spielen. Müde nach Hause gehen, mit braunen Armen und blasser Stirn unterm Ponyhaar.
Abendbrot essen.
Um acht Uhr abends, pünktlich acht Uhr, kettete Opa die schwarze Lady ab. Die Leute im Dorf, auf der Straße vor Opas Haus, wußten Bescheid, die Türen gingen zu. Lady war frei. Sie schoß den Dorfweg auf und ab, wirbelte Staub auf, hin und her, in einem irrsinnigen Tempo, machte ihren Haufen und ihr Bächlein und kam müde zum Opa zurück, »gute Lady, gutes Stück«, wir durften zugucken. Leute, die nicht direkt neben Opa standen, fiel Lady an.

»Die Lady ist ein scharfer Hund, ein braver Hund. Wenn se nicht gehorcht, kriegt se eens mit dem Riemen.«

Lady wußte Bescheid, vor Opa senkte sie die Ohren und zog den Schwanz zwischen die Beine. Sogar den schwarzen Glanz nahm sie aus dem Fell.

Danach ging ich ins Bett, schlief tief und fest von lauter Räuberspielen und Abenteuern ein.

Zu Hause war ganz weit weg.

Nur Oma machte sich Sorgen. Genau zu der Zeit, als wir bei ihr waren, bauten sie in Berlin eine Mauer. Um das Land, in dem wir waren, legten sie Stacheldraht, und Oma meinte, »vielleicht machen se nun auch aus euch kleine Sozialisten, und eure Mutter hockt im Westen«.

Wir dachten uns, daß das kein Zufall war.

Wir kamen hinter Draht, die Gitter waren da, auch für uns, nur nicht so dicht wie in Gefängniszellen.

Und die Mama – hatte sie das nicht gewußt?

Manchmal hielten wir uns ganz stark aneinander fest, Lou und ich. Immer geschah etwas um uns herum. Oma und Opa tuschelten, und alle bauten Leben für uns, ohne uns zu fragen.

Damals war unsere Angst umsonst.

Nach sechs Wochen ließen wir unsere Schwester zurück, Oma und Opa und Gittie auch. Winken für Lady und wilde Räuberwelt, uns ließen sie durch den Stacheldraht und die Wachtürme wieder raus.

Wir mußten alle weinen.

Als wir zurückkamen, schien die Wohnung seltsam leer. Es fehlte einer.
Jetzt spürten wir den Verlust.
Mama hatte sich ausgeweint, freute sich kalt und leer über unser Wiederkommen. Hatte sich solche Sorgen gemacht. Über Eva und die Tränen fiel kein Wort.
Jetzt ging die Leere los und lauter kaltes Leben.

Meine Schultüte war spitz und groß, obenauf lagen Bonbons, unten drunter war sie mit Papier ausgestopft. Ich war froh, endlich lernen zu dürfen.
Die Schule lag außerhalb der Mauer, nahe am Würzburger Tor, dort, wo die Ritter gelagert hatten. Sie war groß und alt, aus Ziegelsteinen gebaut, unser Klassenlehrer hieß Herr Albrecht, der war auch alt, hatte graue Haare und einen guten Blick.
Vom ersten Schultag an bin ich gern hingegangen, zurück nicht immer, aber hin, und vom ersten Schultag an war ich gut.
Auf Bildern mit Zuckertüte seh ich blaß und aufgedunsen aus, aber lächelnd. Lou auch blaß und aufgedunsen und nicht lächelnd.
Mit Lou wurde nun das gemacht, was man »Brechen« nennt, obwohl sie natürlich längst gebrochen war. Aber die Leute bestanden darauf. Ich sollte auch noch ein paar Lektionen in dieser Einrichtung »Brechen« kriegen.
Lou bekam nach dem Bombensplittertag nur noch Fünfen und Sechsen, in allen Fächern. Das war nicht,

weil sie über Tag und Nacht plötzlich dumm geworden war, das war Brechen. Die Arbeiten mit den roten runden Ziffern unten drunter kamen zu Hause auf den Küchenschrank, ganz oben draufgelegt. Da kam auch das Zeugnis später hin. Wir bekamen zwar überhaupt nie Besuch, und wir alle wußten doch, was draufstand, aber meine Mutter wollte die roten Zifferchen einfach nicht sehen, und wir sollten sie nicht sehen.
Zu Hause lief nämlich genau gleichzeitig ein zweites Spiel, das hieß »die Schande verstecken«.
Für meine Mutter war das die Fortsetzung von »Nichthinguckenwollen«, für uns war das wie Verstecken spielen von ganz kleinen Kindern: die Hände vor die Augen drücken und meinen, man wird nicht mehr gesehen. Uns haben aber alle gesehen, und das haben sie uns auch gezeigt.
Zweieinhalb Jahre lang sollte das so gehen, bis mein Vater aus Gnadengründen wieder zu uns durfte. Und wir zu ihm. Lou blieb sitzen. Als ich dann in die Schule kam, kam sie eine Klasse tiefer, und die kannte sie nicht so gut, und die wollten sie nicht kennen. Sie kriegte weiterhin Fünfen. Nur im Kunstunterricht stand eine Zwei, die half ihr aber nichts. Sie durfte noch beim Schulfest mitmachen, die ganze Aula mit ihren Bildern schmücken. Ich durfte auch mithelfen basteln. Das Fest hieß »2001 – Leben unter Wasser«.
Lou malte Fische, riesengroß, mit Farben aus ihrem

Kopf, da waren die alle drin, riesenbunt. Die anderen waren neidisch. Ich bastelte einen Roboter aus Pappe und Bronze, der war so klein wie mein Schuh. Ich sah die bunte Wasserwelt, als sie alles fertig schmückten. Lou mußte mich mitnehmen. Sie zeigte mir auch den Jack mit dem Wald auf dem Rücken. Dann nähte sie sich einen engen schwarzen Rock, trug ihre klumpigen Schuh, hallo, Marylou, sangen die Jungs auf der Straße, schick are your shoes, und Lou weinte.

Die Schuhe mußten klumpig sein, weil meine Mutter jetzt die Schuld verbarg.

Das Fest kam, danach haben sie meine Mutter bestellt, Lou wurde verwiesen. Mit viel Erfolg für den weiteren Lebensweg.

Ich bekam die ersten Einsen, Lou keine Lehrstelle. Meine Mutter ließ sie zu Haus, zweimal die Woche ging sie zur Frauenfachschule, lernte kochen, was sie schon konnte.

Jack zog zurück nach Amerika. Lous einzige Freundin Gesi starb an Krebs, die hatte noch kaum gelebt. Das Hotel war auch weit weggerückt. Meine Mutter arbeitete am Tag, acht Stunden lang, lötete Drähte bei AEG, mit Schürze vorm Bauch und Kopftuch im Haar holte sie sich schwielig-müde Hände.

Vormittags ging ich in die Schule zum guten alten Mann, nachmittags quietschte ich Buchstaben weiß auf schwarzen Schiefer. Otto und Anna, Spazierstock-L und Vogel-R, 1 und 1 ist 2.

Zwischen Qietschschreiben und Schule lag der Nachhauseweg. Der buschbewachsene Weg mit Tollkirschenbaum und Platz zum Verstecken für die Apostelbrüder.
Die Apostelbrüder waren Kinder aus einer katholischen Familie, drei Häuser weiter wohnten sie als wir. Markus und Lukas, der erste war der schlimmere. Blond und gut trainiert in Sachen Leidensweg. Die beiden wußten, daß es ihr gutes Recht war, mich zu schlagen. Die waren älter und stärker als ich und besser noch dazu. Das hatte ihnen ihre Mutter gesagt, wie sich später rausstellte, daß sie mich schlagen sollen, einmal täglich.
Sie kamen von hinten, rissen mich am Ranzen, ich schrie, sie boxten und knufften, rannten weg, ich log was von Hund und großem Bruder hinter ihnen her und beantwortete die Frage in Wahrheit nie.
»Wo ist dein Vater?«
»Der ist verreist.«
Da, Faust an den Arm.
»Wo ist dein Vater?«
»Der ist verreist!«
Da, paff an den Kopf.
»Wo ist dein Vater?«
»Heulsuse, Heulsuse!«
Jeden Mittag dieselbe Frage. Manchmal ging ich einen anderen Weg, eine halbe Stunde länger, manchmal waren andere Kinder neben mir. Aber meistens war ich allein.

Meistens ging das Fragespiel los.
Meiner Mutter erzählte ich anfangs nichts. Die hatte befohlen, der Papa ist verreist, sag das allen, obwohl es in der Zeitung gestanden hatte, sagte sie, der ist verreist.
Er wird wiederkommen, und wir werden ein Haus haben und glücklich sein.
»Hast du verstanden?«
»Ja. Ist er kein Streifling?«
»Nein«, sie lachte über das falsche Wort. »Verreist, hörst du? Insel! Kochen! Weg! Bald zurück! Dann Haus und Glück!«
Also, wo ist dein Vater?
Verreist – oder sollte ich noch mal das Glück verraten?
Das Fragespiel ging lange so, ich hielt so lange still, bis meine Mutter die blauen Flecken merkte und ich die Wahrheit sagen mußte. Sie ging dann zur Apostelmutter und bat die Frau um Gnade. Sie wurde gelegentlich gewährt.
Nach den Hausaufgaben fuhr ich mit Lou Rad. Vaterlandräder, die hatten sich Papa und Mama ganz neu gekauft. Lou war der Herr, ich die Dame. Wir fuhren zur Himmelschlüsselwiese, zum Stefferles Brunnen oder zu meinem Berg und wieder zurück. Lou kochte Essen. Mama kam. Mama aß, war müde. Trank Kaffee, legte sich seitwärts eine halbe Stunde hin. Manchmal weinte sie noch, dann sahen wir fern. Um acht zog ich mir das Nachthemd an, tanzte der

Mama Limbo und Flamenco vor, damit sie wieder lachte. Lou sagte olé.
Ich war ganz sicher, daß ich bald fliegen könne. Meine Träume übten es jede Nacht mit mir. Das waren meine lieben Träume, ich sprang hoch rauf in die Luft und konnte Spagat, tippte mit den Füßen abwechselnd die Erde leicht an, hüpfte schwebend in der Luft herum. Bald würde ich ihn besuchen können, mir einen Weg zu den Märchen und Geschichtchen bahnen, machen, daß er nicht mehr mit den Armen durch die Stäbe fuchtelt und die Angst aufschlägt in meinen kleinen Nächten. Alles wollte ich für ihn tun, ihn herzen und streicheln und küssen, sogar die Spuckeklumpen wollte ich aushalten. Er sollte wiederkommen.
Dann kamen die bösen Träume, da verfolgte mich ein schwarzer Mann, meine Luftsprünge waren nicht hoch und nicht schnell genug, er packte zu und brachte mich um.
Frühmorgens bekam ich ein Butterbrot, Malzkaffee und einen Löffel Sanostol, da fühl'n sich alle Kinder wohl. Ich packte die Lesefibel ein, Schild des Glaubens, Rechenbuch und Schiefertafel.
Zum Glück schrieben wir bald in Hefte. Ich hatte zuweilen das Gefühl, die nahmen uns nicht ernst.
In der Bank saß ich neben Hettwich, die Näämaschine gätt nich, vor mir saß Annegret und links in der Nebenreihe Gudrun, die war asozial. Anders als ich, Gudrun war dreckig und dumm, aber saufrech, ich mochte sie deshalb sehr, schenkte ihr oft mein Pausenbrot.

Als der alte Mann uns endlich auf Papier schreiben ließ, hatte das noch immer Stützlinien, so wie es Stützräder gibt, gibt es nämlich auch Stützlinien. Ich übte zu Hause in den Heften von Lou, die Kinder sagten nie, ich sei ein Streber, obwohl ich immer die Beste war. In der Pause hetzte ich sie auf Hettwich, die Brillenschlange, die Näämaschine, die war häßlich und sah gierig aus, nicht nach Essen, nach irgend etwas anderem. Die war mit sechs schon wie ein altes Weib. Wir krakeelten, spielten Kriegen, Räuber und Gendarm, Teddybär, Teddybär, spring ins Seil, wir quatschten und kloppten uns mit den Jungs, manchmal hielt aber auch die Welt an, mitten im Spiel, es krackste in meinem Kopf, ich sah alles ganz scharf, das Backsteinhaus, die hohen Fenster, die Bäume, besonders die hohen mächtigen Bäume und im Hintergrund die Stadtmauer mit Laufsteg und Dach, Schießscharten. Nur die Kinder sah ich nicht. Ein heißkalter Stechschmerz im Herzen und im Hirn, als hielte einer eine Schallplatte an, unerwartet, und ließe die Stille dröhnen. Mich überkam eine heftige Angst, dann spulte sich das Leben weiter ab.
Wir lernten unser erstes Gedicht.
»Herr von Ribbeck auf Ribbeck im Havelland, ein Birnbaum in seinem Garten stand.«
Die Mama übte mit mir. So daß ich nicht leier, daß ich richtig betone, Pausen lasse, »geh rein ins Gedicht und laß es sich aufsagen«, woher sie das konnte, weiß ich nicht.

Sie hat mir das Sprechen beigebracht, das Aufsagen fremder Inhalte, gut betont, reingefühlt und hergesagt, als wär's ich selbst.
Der alte Mann wußte vor Staunen nicht wohin mit sich und mit mir. »So was war noch nie da, sieben Jahre alt und eine Schauspielerin, eine Rednerin, ja Mädchen, Mädchen, wo hast du das denn her? Was machen wir denn damit.«
Die ganze Luitpoldschule schwärmte der alte Mann von meinem Herrn Ribbeck voll, und so lernte ich ganz viele Gedichte, die ich noch nicht mal richtig lesen konnte und auch gar nicht verstand. Meine Mutter las vor, ich sprach nach, bis ich es auswendig konnte. Der alte Mann strahlte, sobald ich den Titel nannte, Mama war stolz, daß ich so ein glückliches, kräftiges Kind war, unser Anilein, so ein Schatz und dann weinte sie, weil ich zugleich auch für ihr Elend zuständig war, das durfte ich nicht vergessen.
Hörst du, vergiß es nie.
Nein, Mama, das vergeß ich nicht. Ich hab dich doch so lieb.
Du läßt mich nie allein, nicht wahr?
Nein, Mama, nie. Nie. Nie. Nie im Leben. Ich heirate einen Millionär, der bald stirbt, dann haben wir Geld und werden glücklich leben.
Du bist immer lieb zu der Mama, nicht wahr?
Ach ja, Mama, ich hab dich doch so lieb. Ich zauber dir eine Waschmaschine und Geld, du wirst sehen.

Schau mich gut an, Anilein, schau mir ins Gesicht, ganz fest, du mußt jederzeit dich erinnern können, wie deine Mama aussieht, hörst du? Ganz fest. Mach die Augen zu. So, siehst du mich jetzt?
Ja, ich sehe dich mit geschlossenen Augen.
Mach sie auf!
Ja!
Schau noch mal genau hin!
Ja, Mama.
Ich hab solche Angst, daß ich sie vergesse, ihr Gesicht, und wenn sie nicht da ist, dann ist es auch so. Ich weiß dann nicht, wie sie aussieht. Ich such sie überall in den Schubladenkästchen in meinem Kopf. Da find ich sie nicht, ich seh sie nicht. Mach ich aber die Augen zu und denk an meinen Papa, dann seh ich ihn sofort mit all seinen verschiedenen Gesichtern.
Das merkt die Mama bestimmt, und sie weiß es auch. Sie ist auch so etwas wie Gott.
Einmal waren Lou und ich im Schlafzimmer, da haben wir gezischelt, daß wir die alte Hexe uns fortwünschen und sogar tot, tot, tot. Dreimal Schwarzer Kater, Hokuspokus, weil sie wieder gemein war und uns belauert hatte und geschimpft und die Lou geschlagen hatte, was sie ständig machte, seitdem sie den Papa nicht mehr dafür hatte. Da hat sie uns abends gesagt, wenn wir noch einmal die eigene Mutter zu Tode wünschen würden, dann kämen wir in die Hölle. Lou schrie, wer hat dir das gesagt?
Wände haben Ohren, hat sie geantwortet.

Und jetzt schaut sie mich an. Ich soll mir ihren roten Lackmund einprägen, ihre Traueraugen und Vogelfalten auf der Stirn, und sie weiß jetzt bestimmt auch, daß ich das nicht kann, aber ich sage ja, ja, Mama. Ich weiß, wie du aussiehst.
Merk es dir gut, sagt sie. Ihr Gesicht ist weder lachend noch weinend noch schön, es ist die Maske. Hart und unehrlich.
Ja, flüstert sie, vielleicht siehst du's bald nicht mehr. Ich habe so viel Kummer. Aber du sollst wissen, wie ich ausgesehen habe. Die liebe Mama, hörst du?
Ja.
Meine Mutter wollte sterben, immerzu. Einmal nahm sie Tabletten, aber zu wenig, so wenig, wir brauchten noch nicht mal einen Arzt zu holen. Lou hatte es richtig erkannt.
Mama zeigte uns ihre Not.
Und quetschte und boxte und schlug sie in uns rein.
Wir waren schuld.
Lou ging es dabei ganz besonders schlecht. Sie sollte häßlich sein und war aber schön, mit ihrem schwarzem Haar und ihren Brüsten, die immer dicker wurden. Sie sollte anständig sein, das war sie in Mamas Augen noch nie. Also schlagen. Hände schrubben, schreien, kontrollieren, Ausgehverbot. Nein, abends bleibst du hier, du gehst nicht in die Eisdiele, nicht ins Kino! Nein, ins Schwimmbad gehst du auch nicht! Du bist anständig.

Als Kirmes war, kam Lou zu spät nach Hause, meine Mutter öffnete die Tür und schlug ihr ins Gesicht. Ich brachte meine Schuhe in Sicherheit.
»Das ist dafür«, sagte sie. »Und dafür und dafür und dafür«, rechts, links, rechts, links. So. Sie guckten sich an. Lou blieb fest und schwieg. Meine Mutter blieb auch fest. Sie schlug ihre Wut, ihre Not, ihren Haß, den sie hatte, diesen riesengroßen, den schlug sie in das andere Gesicht.
Lou kam rein mit ihren knallroten Wangen, alles Blut am Schlagen unter der Haut. Wir taten, als sei nichts. Mama ging in die Küche, ich schlich der Schwester hinterher, wischte eine Träne, streichelte ihr Gesicht mit Blicken ab und zischte, »sie ist gemein«.
Nachts weinte Lou das Federkissen naß, ich hörte sie schluchzen, ich betete, dachte an die Schule, betete wieder, lieber Gott, mach, daß Lou einschläft, schenk Mama eine Waschmaschine, gib mir endlich Zauberkraft, danken tu ich dir auch, und dann noch mal von vorn.
Einmal hat sie sogar einen Regenschirm auf Lous Rücken zerschlagen. Einen Stockschirm. Aufhören, aufhören, hat Lou geschrien, und ich hab zugeschaut und geweint, und Mama, Mama, hab ich geschrien.
Die war aber nicht da, die war überhaupt nie da, es hat gar keine Mama gegeben, sondern nur eine elendig zuckende Wut, eine Vorwurfswut und eine Feigheitswut, eine Neidewut, alles, aber keine Mama.
Manchmal war sie danach besonders lieb.

Auch das mußte man annehmen. Es tat ihr dann leid. Sie sagte das nicht. Sie war nur einfach zahm und fröhlich. Ganz besonders. Ganz besonders ausgezeichnet fröhlich. War sie aber zu lange guter Laune, konnte es schon wieder gefährlich werden und kippen in Gegreine und Haß. Die Ärzte sagten ihr, sie sei sehr nervös. Wir mußten ihr bestätigen, daß das nicht stimmt.

Sonntage waren besonders schlimm. Wir gingen unsere Wege entlang, und sie weinte immerzu. Sie wolle den Papa am liebsten auf dem Friedhof besuchen, erzählte sie dann. Das sei anständig und gut, ein toter Mann, eine Witwe, zwei Kinder. Aber so.

Fortgehen und ihn verlassen, das wollte sie nicht. Also weinte sie in einem fort.

Sie erzählte uns von Frau Mandrash. Die hatte auch im Eisenhut gearbeitet, und eines Tages kam ihr Mann noch mal zurück nach Hause, das war nach dem Frühstück. Er kam zurück, weil er die Handschuhe vergessen hatte, lederne, fürs Autofahren. Mit dem Auto fuhr er gegen einen Baum, war tot und kam nie mehr zurück. Die Frau blieb allein mit zwei anständigen Kindern und wurde bedauert. Sie durfte in Schwarz herumlaufen. Mama hatte auch ihren Mann verloren, vorübergehend, sie hätte vielleicht in Grau rumlaufen sollen.

Teiltod.

So was gibt es aber nicht. Also nur für uns die Tränen.

Ich hörte von einem Mädchen, das hatte der Maria geschworen, die Bibel auswendig zu lernen, wenn sie macht, daß die kranke Mutter von dem Mädchen wieder gesund wird. Maria hat es gemacht, das Mädchen sagte all die vielen Seiten, alte und neue, auswendig her. Ich lernte den Katechismus, das schien mir angebracht, denn noch war die Mama nicht todsterbenskrank. Außerdem konnte ich davon schon einiges.

Zusätzlich sollte das den Papa beschützen, zu dessen Ehre ich außerdem ein selbstgeschriebenes Kochbuch anlegte mit eigenen Rezepten, blau auf weiß in gelbem Ringbuch. Spiegeleier und Bohnen in weißer Soße, Orangentornado und Vanillepudding, Bananenflip.

Und in meinen Gebeten hatte ich noch eine neue dringende Bitte. Ich wollte keine Frau werden, keine Härchen unterm Arm kriegen und keine Tage, nicht ständig weinen müssen und Männer unter Holzkreuze auf schwarzen Erdhügeln wünschen. Frauen waren schwach, Männer konnten Geschichten erfinden und die Welt erobern. Ich betete jede Nacht, klein und ohne Haare zu bleiben, vielleicht auch, weil ich wußte, daß die Härchen mir noch mehr Gefahr bringen konnten.

Ein Jahr ging um. Geburtstag kam und Weihnachten ohne Märchen. Winter. Ostern.
Lou wurde konfirmiert.

Im schwarzen Kostüm mit Blumenstrauß und auftoupierten Haaren. Weiche Schreie im Gesicht.
Fragen vor dem Heiligblutaltar.
Der Pfarrer kam zu Kaffee und Kuchen, entschuldigte sich bei meiner Mutter, bei uns nicht.
Sommer kam und 2. Klasse. Der alte Mann war pensioniert. Fräulein Schulz hieß jetzt die Schule. Ja, nein, danke, bitte, aufstehen, hinsetzen, aufstehen.
Sie schlug mir ins Gesicht und sagte, »du bist doch die kleine Hure, da ist das nur recht«.
Meine Mutter ging sich beschweren.
Ich wurde plötzlich schlechter. Anstatt Havelland und Frühling läßt sein blaues Band, lernten wir Verkehrssprüchle auswendig und sagten sie dem Verkehrskaschper auf.

Man springt nicht wild aus Tür und Tor, man sieht sich auf der Straße vor!
Hängst du dich gern an einen Wagen, wird man dich bald zum Arzte tragen!

Der Verkehrsteufel:

Schrumdibum, schrumdibum,
täglich bring ich ein paar um.
Schreibt's euch hinter beide Ohren:
Wer nicht aufpaßt ist verloren.

Ich habe die Windpocken. Liege im Bett und schneide Endlospuppen. Mama ist in der Fabrik, Lou in der Schule.

Knicke Zeitungspapier in lauter kleine Falten, schneide Männchen und Frauchen mit Röcken, mit Hosen, Zöpfen und Mützen, dicken und dünnen Beinen, die fassen sich an den Händen, wenn ich sie auseinanderziehe.

In ein Heft ohne Stützlinien schreib ich eine Geschichte über ein Pferd, das wegläuft.

Unter der Bettdecke leben Höhlenmenschen, in meinen Armen und Beinen flitzen Körperzwerge rum, die mit Schubkarren das Essen in die Finger- und Fußspitzen bringen, dorthin, wo ich wachse. In meinem Kopf heizen die Fieberteufel ein, verbrennen mein Gehirn.

Große Beulen hab ich im Gesicht. Ich werde Narben behalten. Der Papa ist schon ein Jahr fort. Die Mama bleibt allein. Wenn sie ihr selbstgenähtes Grußkostüm anhat, dann ziehen die Herren vor ihr den Hut. Sie glaubt dann, sie wird geliebt. Wenn sie die Fabrikschürze anhat, dann tratscht sie mit den Weibern über die saufenden Kerle.

Wenn sie die Haare wäscht und den Lackmund zieht, geht sie mit uns auf den Feldweg weinen und denkt an meinen Papa. Wenn ich die Augen zumache und die Hände auf die Federdecke lege samt Knickpapier und Schere, dann denke ich an die Frau mit dem Elefantenfuß, seh sie an der Brandung stampfen, denk an Papa Frisch und Negermam, an warmen Sand und Wasseraugen, an Nachttopfannegret, tote Gesi und Havelland, Schneekönigin soll kommen, egal ob

Sommer oder nicht, soll mir Kälte bringen, dreh ab vom Weg ins Träumereich.
Wach auf. Frau Bürger steht vor mir mit Rotbäckchensaft in der Hand. Mama sagt, sie findet das nett, daß die mal gekommen ist, schließlich hätten sie sich und die Kinder nichts getan.
Ich will den Saft nicht trinken, ich glaub, er ist vergiftet. Schneewittchen soll schlafen, um mich sind nur Hexen, dem Prinzen haben sie das Pferd geklaut.
Die Mama zeigt uns die Briefe vom Papa nie. Sie fährt ihn nur einmal besuchen. Sie wartet. Ich möchte so gern wissen, was er schreibt, wie es ihm geht. Er ist in einem Zuchthaus, das ist schlimmer als Gefängnis. Lou sagt, sie werden dort noch geschlagen. Im Fernsehen seh ich einen Film von einem Sträfling, der immer gut war, nur ein einziges Mal hat er einen Menschen umgebracht, ungefähr so wie ich den Friseur, ein Leben lang sitzt er nun in einer Zelle, nur einen Vogel hat er zur Gesellschaft. Füttert ihn und liebt ihn. Manchmal peitschen sie ihn aus, das machen sie mit meinem Vater bestimmt auch, Lou sagt, Zuchthaus kommt von »züchtigen«, und das heißt mit dem Riemen schlagen. Das hat der Papa manchmal mit ihr getan. Zum Schluß, bevor er wegkam.
Der Sträfling im Fernsehen stirbt mit seinem Vogel. Hoffentlich hat der Papa keinen.
Ich frage meine Mutter.
»Ach was«, herrscht die mich an, »der kocht. Dem geht's gut.«

Dann hatten wir einen Hund zu versorgen, Tell. Er war mager und zitterte im Keller herum. Kurz angebunden am Heizungsrohr. Lou bürstete ihn und wusch ihm seine Augen. Ich fütterte ihn mit Pausenbrot und Knochen, langsam, damit er sich nicht verschluckte. Tell gehörte unserem Hauswirt, Herrn Schleier. Der war das krasse Gegenteil von seinem Namen. Aufgedunsen, dick und fett. Schmierhaar und Geldvisage. Abgeschoßner Arm in Jackettasche. Das Haus hatte er aus Dreck gebaut, den Garten hatte er uns weggenommen, wir dachten, er wollte unsere Mutter. Die fand ihn häßlich und blieb bei ihrem Gedankenmann. Außerdem hätte uns der Schleier bestimmt auch an Heizungsrohre gebunden, wie er es mit dem Hund machte.

Wir sagten ihm, daß wir den Tierschutz holen würden. Er meinte, das wäre ihm egal, er hätte den Hund vor dem Tod bewahrt, aus dem Heim geholt, da könnte man sehen, wie gut er sei. Ein echter Jagdhund ist was gewöhnt. Dann grinste er uns an und geiferte: »Und euch zwei Hübschen würde sowieso keiner glauben.«

Das genoß er, daß er das so sagen konnte, zögerte ein Weilchen, »aber ihr dürft ihm etwas Gutes tun, ihr könnt ihn ausführen, täglich«.

Wir ballten unsere Hände zu Fäusten, starrten in die Pomadenfresse und willigten ein.

Es war egal, wir hatten einen Hund, der Hund hatte uns gern, der Schleier war doof.

Mit Tell verdienten wir als Dirndl gutes Geld, die Amis knipsten Bayern. Die Apostelbrüder kriegten Bange, und Annegret hatte Respekt. Tell war eine Rettung. Eine magere, nun gut von uns gepflegte Rettung.
Groß genug, um die Kinder auf Abstand zu halten.
Der Sommer war heiß.
Mit Tell fanden wir die Knochenreste von einem Soldaten in einer Grube an meinem Berg. Tell kläffte vor dem knöchernen Schädel, wir sammelten Patronen, ein Blechtopf lag in der Ecke, wir überlegten, woran er gestorben war, und beschlossen: aus Feigheit verhungert. Der Topf war voller Erde.
Auch wollten wir es keinem erzählen, wer glaubte uns schon?
Wir hielten fest zusammen.
Abends im Bett teilten wir die Welt in Gut und Böse auf. Das war ganz leicht geworden. Die Zwischenmenschen gab es nicht mehr.
Gut waren Tell, der alte Mann, die Schlachterin, die mir immer eine Scheibe Wurst schenkte, wenn wir einkaufen kamen, meine neue Freundin Inge und Müllers Mühle, Giorgio von der Kirmes, der Lou für einmal vögeln den Autoskooterschlüssel gab, da konnte sie ewig fahren. Gut waren die Erinnerungsmenschen: Papa Frisch und Liola, Frau Pirner und alle lieben Kellner und Boys, Gesi, Tante Erna, Viada und Lous Freundin Abbydale, Pfeilchen. Wir lagen da und hielten uns fest.

Dann spielten wir das Spiel, ich sehe was, was du nicht siehst, das ist ein guter Mensch.
Hat er lange schwarze Haare und Korallenbrüste?
Die Liola!
Noch mal, du bist dran.
Ich sehe was, was du nicht siehst, das ist ein guter Mensch. Hat er eine Elvistolle und einen strammen knackigen Arsch?
Der Giorgio!
Die bösen Menschen zählten wir erst gar nicht auf, die waren mächtig genug und ließen sich nicht bannen, wenn man ihre Namen nannte.
Außerdem gab es noch meine Mutter, die war eine Hexe, die uns so verzaubert hatte, daß wir sie immerfort lieben mußten, und mein Vater war ein Sträfling.
Müllers Mühle war ein junger Mann von ungefähr 18 Jahren. »Der liebt dich«, sagte Lou, »weil du so viel lachst, schöne Haare hast und so klein bist.«
Wenn ich von der Schule kam, erzählte sie, lauerte er hinter der Hecke und knipste mich, und zu Hause, da hätte er schon ganz viele Bilder von mir an der Wand hängen. Ich schaute sie an und sah, daß sie log, »und wenn er wirklich knipst, dann hat er keinen Film drin«, patzte ich sie an.
Das verstand sie nicht, denn das hatte ich ihr nicht erzählt, das hab ich nie erzählt. Ich wußte es, es war überhaupt kein Film drin damals, aber das hatte ihm nicht geholfen.

Es kam so, daß Lou der Mund manchmal offen stehenblieb, zum Beispiel, wenn sie lachte, mittendrin, hakte sich etwas aus, das Gesicht stand quer, sie lachte nicht mehr. Tränen liefen aus den Augen. Dann schlug sie an die Backe und guckte wieder normal.

Sie ging zum Zahnarzt. Natürlich allein. Er sagte, er müsse operieren. Sofort! Mund auf, Spritzen rein, Weisheit raus.
Der Zahnarzt war zu mutig gewesen, Lou starb ihm bald vom Stuhl.
Sie wollte nur noch bluten.
Wir nannten ihn danach den Schlachter. Und trotzdem schickte meine Mutter auch mich dorthin.
Das war nicht sein Verschulden, sagte sie. Meine Schwester und ich waren aber beide überzeugt, daß er uns totbohren wollte oder -ziehen oder -spritzen.
Obwohl er so ein beruhigendes Aquarium in der Steinwand hatte, hübsche Fischchen festgemauert.
Manchmal dachten wir, die ganze Stadt will uns umbringen.
Lou ging mit.
Mama lötete Drähte, drinnen war ich allein auf seinem Mörderstuhl.
Ich dachte an meinen Vater, der mußte auch viel leiden und wollte tapfer sein. Der Zahnarzt bohrte mir die Löcher groß.
Meine neue Freundin hieß Inge Förster.
Sie wohnte zwei Häuser weiter als Annegret auf unse-

rer Straßenseite bei der Pfannitante und dem Försteronkel, der hieß nicht nur so, der war auch einer.
Inge war blaß und schwarzhaarig, lange Locken, sie ernährte sich ausschließlich von Gummibärchen, alles andere war ihr ein Graus. Es wurde trotzdem gelegentlich in sie reingestopft, dem konnte sie sich nicht entziehen. Ihren Eltern aber hatte sie sich entzogen, dafür bewunderte ich sie.
Sie hatte sieben Geschwister mit sieben Rotzglocken unter der Nase und eine abgehärmte graue Mausemutter. Ihr Vater war ein langer Lulatsch mit Händen voller Gewalt. Nur einmal war ich mit ihr bei den Eltern. Inge war die einzige, die weggekonnt hatte. Die Pfannitante hatte ausgerechnet sie ins Herz geschlossen und gesagt, »des Madl ziehn mer bei uns groß wie damals des Kitz«. Deshalb hieß die Inge bei ihr auch »Meikitzerlmeiliebes«.
Sie hatte es nur gut. Hatte Spielzeug und Bonbons, brachte schlechte Noten und war abends lange auf. Und trotzdem war sie immer allein.
Wir schlossen uns zusammen. Die Pfannitante freute das sehr, endlich jemand am Tisch, der ordentlich aß. Und mir schmeckte es – ein dicker runder Mann am Tisch, die roten Backen von der Försterfrau, die knatschige Inge und ich mit einem prallen Teller voll Fleisch, Soße und Kompott. Manchmal aß ich jeden Mittag dort, manchmal war's meiner Mutter zuviel.
Wir spielten Teddybärseil, schauten den anderen

beim Völkerball zu, meistens aber erzählten wir uns Geschichten. Nur weggehen vom Haus durften wir nie, Meikitzerlmeiliebes war der Pfannitante noch zu klein.
Einmal am Tag kam die raus und erzählte uns die Geschichte von ihrer Gesundheit. Die strahlenden Apfelbacken und die weißen festen Beißerchen, die hatte sie nur deshalb, weil sie als Kind immer Schwarzbrot gegessen und Milch getrunken hatte. Dann strahlte sie mit ihren Perlzähnen, bei uns war schon alles verloren. Darin waren Inge und ich uns völlig gleich.
Manchmal fand ich Inge aber auch langweilig, wenn sie nur fortwährend die Gummibären knatschte. Dann ging ich mit Tell oder fuhr mit Lou Rad, ließ mir von den Jungen erzählen oder ging nach Haus, allein.
Am schönsten war es, wenn uns der Försteronkel in seinem Auto mitnahm. Wir hockten auf dem Rücksitz und guckten hinten raus. »Schau nur«, sagte die Inge, »die ziehn uns die Welt weg wie einen Teppich unter den Füßen.«

In derselben Zeit, als ich Inge kennenlernte, wollte meine Schwester fort. Sie liebte den braunen Bruno. Jeden Tag war sie bei ihm auf der Wiese hinterm Buchenwald. Da grunzten sonst die Wildschweine.
Jetzt waren Zigeuner da.
Familie Schnack, mit Wohnwagen, Lagerfeuer, brau-

ner Haut und schwarzem Haar. Lou sah aus wie eine von ihnen.

»Marylou, Marylou, hat jetzt einen Schneck am Schuh«, hieß das Gehetze von den anderen Jungen.

Meine Mutter war wild.

Bei Kirmes und Zigeunern spielte Lou verrückt. Jeans an, Taft ins Haar, über die Augen einen schwarzen Balken gemalt, drauf aufs Rad – weg. Einsperren konnte sie sie nicht mehr. Lou war zu stark. Es hätte ja sein können, daß sie eines Tages...

»Bruno, Bruno! Wenn ich das schon höre!« schrie meine Mutter. »Da, du Hure«, sie holte aus, machte wieder rote Backen, »ein Luftikus wie dein Vater. Du siehst doch, was draus wird.«

Es machte ihr nicht viel aus, sie weinte und putzte Tränen, wenn Mama in der Fabrik war, war Lou wieder weg.

Die essen sogar Igel.

Ich erzählte dem Beppo von Bruno, wenn ich aus der Schule kam, und wärmte mir die Suppe auf. Außerdem erklärte ich ihm den Unterschied zwischen einem Schlüsselkind und mir: Schlüsselkinder haben den Schlüssel an einem Strick um den Hals, ich hab ihn im Ranzen auf dem Rücken.

Dann dachten wir zusammen an den Luftikus.

Das war ein schönes Wort, ein Kuß durch die Luft, mit so einem schönen Wort mußte die Mama ihn doch liebhaben.

Der Annegret zeigte ich meinen Affen Fips am Wohnzimmerfenster.
Vorher hatte ich ihr erzählt, daß der lebt.
»Den hat mir mein Papa aus Afrika geschickt, ein echter Schimpanse.«
Annegret zeigte mir einen Vogel.
Am nächsten Tag waren die Apostelbrüder da, bei denen hatte Annegret gepetzt.
»Einen Affen hast du also, wo ist er denn her?«
»Aus Afrika.«
Da, paff an den Kopf.
»Wer hat ihn denn geschickt?«
»Mein Vater.«
Da, paff an den Arm.
»Wo ist dein Vater?«
»Mein Vater ist verreist, und ihr seid doof, ich jag euch nachher mit dem Tell und sag's dem Förster.«
Apostel sind feige und laufen weg.

In der dritten Klasse kriegen wir Heimatkunde bei Frau Hartmann. Frau Hartmann hat schwarze Härchen über der Lippe, sie erzählt von Wäldern und Auen, vom Mittelalter und wo unsre Wiege stand, sie fragt uns nach der Heimat.
Alle Kinder haben eine, alle Kinder haben dieselbe, Rothenburg, bis auf Gudrun, die sagt nichts, und ich frag: »Frau Hartmann, wo ist denn meine?«
Sie sagt, die Heimat sei da, wo man am längsten in der Jugend gelebt hat, dort würde man das Herz

dranhängen und immer wieder gern zurückkommen, später einmal, wenn man groß ist.

Wir machen einen Ausflug in die Folterkammer.

Uns wird erklärt, wie Menschen gerädert wurden, an den Pranger gestellt, von Ziegen abgeleckt und zwischen Pferden zerteilt, gepeitscht und ins Verlies gesteckt. Das Verlies sehen wir auch. Gitter, Dunkelheit, dicke Mauern. Fußketten und Eisenkugeln, Blechnäpfe und Sackleinen.

Man erzählt uns, daß sie früher von der Stadtmauer Pech gekippt haben. In großen Kübeln war das, die brodelten schwarz in der Stadt. Fackeln haben sie daraus gemacht, und Menschen haben sie gefedert. Mit Pech beschmiert und Hühner über ihnen nackt gerupft.

Bollwerke haben sie gebaut, Masten gegen Tore gestämmt.

Einmal flog der Munitionsturm in die Luft. Sie haben sich in Zünfte aufgeteilt und Hirschhornsalz in Teig gestreut, damit die Masse geht.

Gehandelt haben sie mit Tee und Salz, die Bauern haben den Zehnten abgegeben, Mädchen hat man schon als Kinder verlobt mit genauso kleinen Jungen.

Alte Männer hatten weiße Krausen um den Hals.

Prinzessinnen fuhren in Kutschen.

Wir lernten die Stadt kennen und rechnen bis tausend.

Im Kindergottesdienst kriegen wir Schwarzweißbild-

chen mit Jesusgeschichten zum Ausmalen. Manchmal mal ich auch ein Schild des Glaubens.
Alles, was tot ist, mal ich bunt an.
Der Jesus am Kreuz kriegt eine blaue Windel um sein Ding. Ich weiß nicht, ob er überhaupt etwas unter der Windel hat, aber es wird schon so sein. Maria gelbe Haare und die Krieger rote Köpfe, sie würfeln auf einem Tuch.

Ich schau der Mama beim Bügeln zu. Sie bügelt auf dem Küchentisch mit vielen verschiedenen Decken. Die Luft ist voller Sauberkeit. Ich bügle Papas Taschentücher, erzähl der Mama wieder, daß ich klein bleibe und den Millionär heirate, sie liebe, und Mama lächelt. Zu Weihnachten werde ich einen Zauberkasten kriegen und ihr ein Bügelbrett zaubern. Da wird sie sich freuen.
Sie weint. Ich streichle ihr den Bügelarm. Sie schneuzt sich mit dem Frauentaschentuch aus ihrer Schürze. Ich knick die Unterhosen ein und staple Geschirrtücher zu wackligen Bergen. Ich erzähle ihr, daß ich Professor werde und viel Geld haben werde. Sie lächelt.
Meine Mama pinkelt nachts in eine Vase, weil sie nicht bis zum Klo laufen will, die Vase ist aus Glas und groß, mit handgemalten Blümchen. Sie hat kein kleines Handtuch mehr im Bett, dafür Träume aus Zement im Kopf. Manchmal lacht sie grell, dann weint sie laut, manchmal schlägt sie.

Ich hab Lou lieb.
Und manchmal mach ich mir meine eigene Liebe mit den kitzligen Gefühlen in den Beinen und übe, wie der Papa es gesagt hat.
Am liebsten höre ich Märchen.
Das vom häßlichen Entlein und das von der armen Meerjungfrau, von dem Hund mit den Augen wie Untertassen, wie Teller, wie Wagenräder. Das Märchen von Rapunzel und dem Prinzen mit den blind gestochnen Augen von dem Dornendickicht.
Von einem, der auszog, das Fürchten zu lernen, von Schneeweißchen und Rosenrot.
Lou liest Bravo.
Sie hat Winnetou I gesehen und will jetzt aussehen wie Marie Versini. Die Haare werden nicht mehr toupiert. Sie sollen wachsen.
Ich darf noch nicht ins Kino.
Lou küßt sich dort mit einem Freund, das darf die Mama nicht wissen.
Ich frage sie, ob mit Spucke oder ohne.
Sie sagt, mit der Zunge, du Idiot.
Ich werde mich niemals von einem Mann küssen lassen. Das sag ich ihr, und sie lacht.
Dann kriege ich meine Tage, ich bin ganz furchtbar aufgeregt.
Rosa läuft es aus meinem Bauch, ich weine und schrei nach Lou und Mama.
Daß ich meine Tage hab um Himmels willen, ich zieh die Bluse aus und gucke unterm Arm, ob da jetzt auch

Härchen sind, und faß an meine Brüste. Da ist nichts, alles flach und klein und auch noch keine Haare.
Ich habe rote Bete gegessen, Lou und Mama umarmen sich und lachen mich aus.
Als Frauen gehören sie zusammen. Das zeigen sie mir jetzt, ich werde mit ihnen nicht mehr reden.
Ich sitze da und schweige. Wenn sie mich etwas fragen, guck ich weg, wenn Mama kommt und mich schüttelt, sage ich nur noch »quak«.
»Du bist albern«, stupst sie mir ins Kreuz, »willst du so immer lieb zu deiner Mama sein?«
»Quak.«
»Was sagst du dazu, Lou, schau sie dir an, nun schau schon hin.«
Meine Schwester verrät mich in einem fort.
»Quak.«
»Komm essen und hör auf. Man wird ja wohl vor seinen eigenen Kindern noch mal lachen dürfen. Wäre ja noch schöner. – So, nun ist Ruhe. – Wann redest du wieder mit uns?«
Schweigen.
»Das hat mir noch gefehlt, gerade noch gefehlt, wird die auch noch bockig. Du weißt, die Mama kann auch anders.«
Die Bestecke scheppern, ich schlürfe.
»Steh auf und komm her! So, so ist es recht«, Arm lang gezogen, »rede jetzt! Rede sofort!«
»Quak.«
Sie reißt meinen Arm hoch, steht auf, schlägt auf mei-

nen Po, so fest es geht. Ich beiß die Zähne zusammen, muß husten und würgen an nichtgeweinten Tränen.
»Ab ins Kinderzimmer, und wenn ich noch einmal quak höre, dann...!«
»Quak, quak, quak, quak!«
Ich schreie so laut, daß alles bebt, ich schreie sie an, sie, die beiden, ich schreie: »Quak!«
Ich habe kein Wort mehr für euch, euch Schweine und Hexen, Verräter, euch Weiber, elendsmistige Weiber. Ich schreie! Mein Schrei bleibt stecken im Flur. Ich renn ins Kinderzimmer, schlag die Tür hinter mir zu, nehm Beppo in den Arm, hör mein Herz in den Ohren pochen, meine Hände sind feucht, der Kopf tut weh, entsetzlich weh. Ich stell mich vor Winnetou und schieß ihn mit dem Finger ab. Fips fliegt in die Ecke. Sonja hau ich auf den blanken Puppenarsch.
Scheißescheißequakscheiße!
Es dauert nicht lang – sie beachten mich nicht. Damit sie mich beachten, muß ich zurück zu ihnen gehen. Ich zieh mein Nachthemd an, flitze barfuß durch die Wohnung, such die Zahnbürste im Wohnzimmer.
Da sitzen sie und gucken fern, essen Schokolade und sehen mich nicht. Es steht zwei zu eins.
Ich bau mich vor ihnen auf. Sie sehen mich nicht. Ich stell mich vor den Fernseher. Sie sehen mich nicht. Das haben sie abgesprochen.

Dann sage ich leise »quak«.
Sie lachen und nehmen mich in die Arme.
Am nächsten Tag erzählte ich der Inge meine Froschgeschichte, wir machten »quak« zu unserem Geheimwort. Wenn uns jemand nicht verstehen sollte, wurde gequakt, wir selber wußten auch ohne Worte, was los war.
Einmal hab ich's im Kindergottesdienst rausgeplatzt, ganz laut zum blutigen Altar hin, der Herr Pastor sah sich empört um, und wir uns auch. Wer das wohl gewesen war?
Dem Fräulein Schulz zischten wir es hinterher, Hettwich donnerten wir es vor die Brust.
Teddybär, Teddybär, quak ins Seil.

Wenn man ein Kleid ohne Ärmel anhat, zum Beispiel aus Pepitastoff mit weißer Seidenpaspel an den Kanten und Spaghettiträgern, dann ist es unanständig, wenn unter den Armen die schwarzen Haarbüschel aus den Fleischfältchen lugen.
Meine Mutter hat eine Kneiferzange, die entsetzlich zieptt, damit schert sie sich die Haut schwarzstoppeligrosa. Die Hornhaut an den Füßen muß man mit einem Bimsstein abschrubben, »an den Füßen erkennst du die Kultur der Menschen«, sagt sie zu mir. Auch auf den Ellbogen kann man runzlig trockene Haut kriegen, deshalb cremt man sie besonders sorgfältig ein. »Der Papa hat da immer drauf geachtet, schöne Hände, schöne Füße. – Creme auch den Hals

mit ein, da kriegt man schnell Gänsehaut, runzel, runzel.«
Ich schau Mamas Hände an. Sie sind groß und schlank. Ich leg meine kleine linke Hand in ihre große rechte. Ich wachse noch. Auf den Knochen liegen bei ihr die Adern dick und blau. Oma hat auch diese blauen Stränge unter der Haut. Ich will sie nicht.
Meine kleine runzelfreie Hand finde ich schöner.
Die Fingernägel sind oval gefeilt, ein weißer Mond wächst aus der Haut unter dem Nagel hervor. Bei mir ist auch das nicht so. Ich glaube, ich habe ganz andere Hände.
Fußnägel schneidet man glatt, Fingernägel rund. Haare kämmt man sich von unten nach oben vorsichtig durch. Über die Dauerwellen schüttet man sich Bier, das stärkt, über Nichtdauerwellen Essigwasser, das glättet.
Beim Guten-Tag-Sagen macht man einen Knicks, Mädchen einen Knicks, Jungen einen Diener. Ich mache natürlich einen Diener. Puppen behandelt man wie Menschen. Man weiß ja nie. Am Jüngsten Tag wird abgerechnet.
Jeden Tag will ich meine Puppen füttern.
Abends lege ich sie allesamt schlafen auf Sofas und Sesseln verteilt, zugedeckt und Schuhe akkurat vors Puppenbett gestellt. Sie bleiben so liegen, Lou und Mama setzen sich woanders hin. Meine Puppenliebe wird geschätzt. Wenn ich vergessen habe, sie zu be-

achten, kriege ich ein schlechtes Gewissen und bitte Gott, mich nicht schwarz anzustreichen im großen Buch. Daß ich die Puppen betreue, ist eine Pflicht, lieben tue ich sie nicht. Lieben tu ich den Berg, der mein Berg ist, weil ich das so beschlossen habe, die Himmelschlüsselwiese, die satten kräftigen Sträuße, die ich da pflücke für meine Mutter und mich. Die Blindschleiche, die ich gefangen habe, und die Maikäfer in meinem Schuhkarton. Sie heißen Bumipuhl und Sirikitt, entweder machen sie Kutsche, und ich gucke ihnen zu, oder ich versuche sie zu dressieren. Sie klettern Grashalme rauf und runter, drehen sich, sind müde und knackig fett. Hassen tu ich inzwischen den Försteronkel, seitdem er einen toten Spatz auf den Mittagstisch gelegt hat. »Wieder einen Saulumpen erwischt«, hat er gesagt, »schaut's euch des nur an, die Schmarotzerviecher.«
Ich liebe meine neuen Lackschuhe, polier sie jeden Tag.
Lou läuft schon auf Stöckeln herum.
Außerdem bin ich unsicher, ob Winnetou oder Old Shatterhand mich befreien soll.
»Weißt du noch, wie wir auf der Suriento gefahren sind?«
Ja, ich weiß es noch. Ich weiß auch noch, daß ich meine Muscheln vergessen habe. Ich streichle das kleine Lederkrokodil, taste an den spitzen Zähnen.
»Weißt du noch, wie wir in der Lüneburger Heide spazierengegangen sind?«

Ja, ich weiß es noch, du hattest den beigen Mantel mit dem großen Kragen an, der sich aufblähte im Wind, steif stand um den Kopf wie der von einer Königin.

»Erinnerst du dich noch an Muttioma?«

Ja, sie roch nach Mottenpulver und gab mir keine Schokolade.

»Sie ist tot.«

Da wird der Papa aber weinen.

»Erinnerst du dich an das Yellow-Haus?«

Ja und an die Fingerkuppe auf dem Küchenboden.

»Sag Herr von Ribbeck auf!

Denk dran, was du einmal im Kopf hast, das kann dir keiner wieder nehmen!«

Gudrun hat eine Rabenmutter. Zigeunerinnen sind Schlampen. Meine Mutter gibt sich alle Mühe, keine solche zu sein. Sie sagt, es sei eine riesige Ungerechtigkeit in der Welt: Wenn eine Frau sich nicht um ihre Kinder kümmert, dann sagen die Leute sofort, sie sei eine Rabenmutter. Aber Rabenvater, das sagt keiner, das habe man noch nie gehört. Väter können sich alles leisten.

Ich weiß jetzt endgültig, warum meine Mutter uns liebt.

Warum mein Vater uns liebt, weiß ich nicht, aber ich weiß, daß es so ist.

Mein Vater ist aber nicht da, es gibt nur noch ein Warten. Ich sehe, wie Väter sind.

Es gibt welche, die schmeißen ihre Kinder in die Luft

und fangen sie wieder auf. Sie haben keine Angst, mit den Händen danebenzufassen. Es gibt Väter, die fahren in Büros. Wenn sie Handschuhe vergessen, sterben sie.
Herr Bürger ist auch einer. Er arbeitet schwarz, deshalb ist er nie da, nur nachts und zum Essen.
Gegenüber wohnt der kleine Niki. Sein Vater ist Polizist.
Es gibt Väter, die verhaften Väter.
Mich gibt es auch.
Es gibt mich. Es gibt mich. Es gibt mich.

Unsere blonde Schwester kam zu Besuch. Sechs Wochen durfte sie bei uns bleiben und sich aussuchen, ob sie zurück wollte oder nicht. Sie durfte allein entscheiden, wo sie leben wollte. Allerdings hatten Oma und Opa ihr vorher gesagt, daß sie sie nicht mehr kennen würden, wenn sie nicht zurückkäme.
Meine Mutter nähte ihr ein Kleid, sie sah zum ersten Mal Pampelmusen und lachte über die riesigen Zitronen. Auf einen Schotten aus dem Goethe-Institut zeigte sie mit dem Finger. Lou und mir erzählte Eva von einem Freund, den sie schon hatte, der sie liebte und heiraten wollte. Wir bewunderten sie. Sie hatte noch immer ihren Schaukelzopf und die blauen Kulleraugen. Meine Mutter war sehr vergnügt, als wir vier Frauen zusammen waren. »Wir vier Frauen«, das sagte sie gern.
Einmal hat sie vor Vergnügen Eva den Hefeteig um

die Ohren gehauen, den sie grad durchwalkte, und lachte sich kaputt über deren verdutztes Gesicht.
Eva sollte sehen, wie fröhlich wir alle ständig waren.
Wir gingen spazieren, knipsten uns gegenseitig, sangen Schlager von Caterina Valente, hat 'nen Arsch wie eine Ente, und sogar ins Kino gingen wir zu viert.
Drei-Mädchen-Haus, Vier-Weiber-Verein.
Eva fuhr zurück.
Danach kamen Oma und Opa. Meine Mutter war nicht so fröhlich, aber sehr bemüht.
Oma brach grüne Galle, Opas Atem kochte wilder in der Kehle. Sie fuhren Kutsche im Taubertal und machten fortwährend ernste Gesichter. Nachts tuschelten sie mit meiner Mutter in der Küche. Sie redeten von einem Telegramm, von Pflicht und Anstand und von einem Kerl.
Nach langem Nachdenken verstand ich, worum es ging.
Auch Lou verstand, sie hatte nachgerechnet.
Unser Vater kam zurück.
Und uns wollten sie nichts verraten.

Ich lag auf dem Bett und nahm seine Spuren auf.
Er war sehr weit fortgerückt in der vergangenen Zeit.
Er war wieder der Mond geworden, der unter das Netz geschwebt kam, auf der heißen Insel. Tagsüber war sein Gesicht da, wenn ich es wollte. In der Nacht war es weg, der Mann war schwarz, der mich verfolgte, er erzählte keine Märchen. Das Gesicht war weiß,

das mir den Atem nahm. Das Schwimmen hatte ich verlernt. Müllers Mühle hatte mich ins Tiefe geschubst, und ich war einfach abgesoffen, der Bademeister mußte mich retten. Englisch war fort. Die Freundin neu, Apostel gezähmt, mein Freund war jetzt ein Hund. Lou war schon fast erwachsen.
Ich lag da, blähte die Nasenflügel, riechen wollte ich ihn. Wittern wie ein Vieh. Durch meinen ganzen Körper schoß ich eine wilde Kraft. Fühlen wollte ich ihn. Denken. Und dann hab ich es gespürt.
Er war frei.
Jawohl, ich war sicher. Mein Vater war frei. Und mir hatte das noch keiner gesagt.
Da werde ich eben fragen!
Meine Mutter kann jonglieren mit drei Teilen. Zwei Äpfeln und einem Ei, nichts fällt ihr runter.
Ich schaffe es immer nur mit zwei Teilen, weil ich es falsch mache. Ich kann es nicht aus einer Hand heraus. Ich werfe die Äpfel von einer Hand in die andere.
»So geht es nicht. Schau her, so mußt du es machen.« Sie rollt den Apfel nach vorn in die Hand, tippt ihn rauf in die Luft, da kommt der andere schon wieder unten an und rollt und hoch und weiter. »So, siehst du? So.«
Ich versuch es noch mal. Ich kann es nicht aus einer Hand heraus. Ein Apfel fällt immer runter. Den muß ich essen, der kriegt sonst blaue Flecken.
»Guck mal, ich nehm sogar ein rohes Ei.«

Bin gespannt, ob es klappt. Sie schafft es. Gekonnt wirbelt sie drei unterschiedlich große Teile durch die Luft.
Das ist wirklich gut.
Sie strahlt.
Ich bin wieder dran.
»Jetzt mal nur mit einer Hand. Ich werde dir drei Bälle kaufen. Die armen Äpfel. Das geht ja nicht. Ach, du machst schon wieder Mus aus ihnen. Gib noch mal her und guck zu. So, siehst du? So.«
»Was stand in dem Telegramm, Mama?«
Sie fängt die Äpfel auf.
»Stell nicht immer solche Fragen.«
»Kommt der Papa?«
»Nein.«
»Warum nicht?«
»Er muß erst Arbeit suchen.«
»Kann er nicht wenigstens einen Tag lang zu uns kommen?«
»Nein.«
»Wo ist er denn?«
»Das sag ich dir nicht. Du mußt nicht alles wissen.«
»Er ist doch mein Papa.«
»Schöner Papa.«
Ja, denke ich, schöner Papa.
Ich überlege, wo er sein kann. Vielleicht ist er schon längst wieder über das Meer geschippert. Aber kann er mich denn vergessen?

Einfach wegfahren und vergessen?
Das glaube ich nicht. Und trotzdem ist da was, was ich weiß, was du nicht weißt. Ein großes Geheimnis.
Nein, nein, das sag ich dir nicht.
Doch, sag es.
Nein, nein. Ich sag es nicht.
Ein riesengroßes Geheimnis.

Oma und Opa fuhren ab. Sie sahen alt aus und streichelten sehr lange über meinen Kopf.
»Die armen, armen Kinder. Dabei seid ihr doch so lieb.«
Meine Mutter verzog keine Miene. Als wir wieder allein waren, rechnete sie ab. Sie sagte, die beiden seien sehr teuer gewesen und Eva könne auch nicht immer alles kriegen, was sie haben wolle. »Der ist eben nicht golden, der Westen – Vorstellungen haben die.«
Sie hatte ihnen Schuhe und Schokolade gekauft. Kaffee, Unterwäsche, Medizin. Zahngold hatte Eva gewollt, das sei wohl unverschämt, »Vorstellungen haben die«.
Es wurde ein heißer Sommer. Prall und dick stand die Sonne am Himmel, jeden Tag. Ab und zu mal ein Gewitter.
Im Herbst sollte ich schon in die vierte Klasse kommen.
Es wurde ein schöner Sommer. Ich war frei, konnte spielen und toben, Tell ausführen, zu Inge gehen, ich

konnte lesen und denken, Rezepte sammeln, Lous Geheimnisse verwahren.
»Kannst du was für dich behalten?«
»Natürlich«, darauf war ich doch trainiert.
Meine Mutter war abends sehr müde, sie schrieb andauernd Briefe.
Unser Vater war in Berlin.
Und einmal nachts war er bei uns zu Haus. Wir hatten ihn nicht gesehen, Lou genausowenig wie ich, aber am nächsten Tag wußte ich, daß er in der Wohnung gewesen war. Als ob im ganzen Haus, in jedem Zimmer, hinter jeder Tür die Luft verändert war. Unordnung im Schlafzimmer. Mama hatte ein kaltes steinernes Gesicht.
Irgendein Unheil geschah, wir sollten nichts merken. Er sollte uns nicht sehen, und umgedreht. Sie bestimmte jetzt, wie alles laufen sollte, aber ich hatte mein Geheimnis.
Ich wußte längst Bescheid.
Ich habe einen Traum.
Das Licht fällt hell auf weißes Leinen, die Luft macht mich wach, sie ist mild und leise, riecht nach nichts. Ich schlage die Decke zurück, zupf das Nachthemd lang, ich stehe auf. Geh eine Treppe herunter, habe ein Geländer neben mir zum Festhalten. Da unten lachen sie schon am Tisch. Der Tisch ist rund, Frühstück gibt's mit Eiern, Früchten, Wurst und Schmalz. Sie sitzen auf hölzernen Stühlen. Der Papa schlägt dem Ei das Köpfchen ab, Mama klopft es mit dem

kleinen Löffel auf. Lou schneidet eine grüne Melone, Saft tropft auf ihre Hände, rosasüßer Saft, ich setz den Fuß die letzte Stufe runter.
Es ist alles gut. Die Sonne scheint. Jeden Morgen scheint die Sonne. Sie sitzen dort und essen. Es ist immer gleich. Immer so. Sie sitzen dort, ich komme hinzu. Ein Arm schlingt sich um meinen Leib, Papas Arm, himmelblaue Augen funkeln »guten Morgen, mein Schatz – he, hörst du? Aufstehen, guten Morgen, die Sonne scheint, Mama fährt nach Berlin, morgen«. Da steht sie ernst und groß in seinem schwarzen Morgenrock mit den roten Tupfen. Sie trägt ihn immer, seitdem er fort ist.
Er ist von Muttioma.
»Morgen?«
»Ja, morgen. Ich werde ihn besuchen, und dann wird alles gut.«
»Bringst du mir was mit?«
»Ja, ich bringe dir etwas mit. Was willst du denn?«
»Ein Buch.«
»Ein Buch?«
»Ja, ich will ein Buch. – Kommst du wieder?«
»Natürlich, so ein Quatsch, was fragst du das? Natürlich komm ich wieder. Ihr seid hier ganz lieb, hörst du? Wir werden ein schönes Haus haben, eine schöne Wohnung. Der Papa ist lieb.«
Ja, denke ich, mein Papa ist lieb. Er ist hell und lacht, er macht sich keine Sorgen.
»Bald sind wir wieder alle zusammen.«

Am nächsten Tag war sie weg. Mein Vater kochte im Café Kranzler. Er hatte es wieder geschafft. Gelächelt und den Posten gekriegt. Wir redeten über Berlin. Lou träumte von breiten Straßen und vielen Cafés. Hohe Häuser, Straßenbahnen und Taxen.
»Hat Berlin einen Fernsehturm?«
»Ja, es hat einen Turm, natürlich – ach, Türme? Gar keine Frage, Hochhäuser, Amerikaner, Engländer, ja es hat einen Fernsehturm.«
»Hat es Kaufhäuser?«
»Haha«, sie schlägt sich auf die Schenkel, »erinnerst du dich noch an Karstadt in Hamburg?«
»An den Fischmarkt –«
»Ach, scheiß Fischmarkt. Kaufhäuser, sage ich dir, da kannst du alles kriegen. Ich wünsche mir einen Plattenspieler, als erstes einen Plattenspieler.«
»Ein eigenes Zimmer.«
»Das ist doch sowieso klar. Jeder ein Zimmer.«
»Bleibst du bei mir?«
»Ich lerne einen schönen Mann kennen, den werde ich heiraten.«
»Wie den Bruno.«
»Schöner – oder vielleicht nicht, aber reich und gut.«
»Bleibst du bei mir?«
»Du brauchst mich nicht mehr, du wirst es sehen, du kriegst ein eigenes Zimmer, ich hab die Mama schon gefragt.«
»Trotzdem.«

»Ach, du brauchst mich wirklich nicht mehr, glaub mir doch. Guck mal, der Papa war so lange weg, der ist jetzt gut, bestimmt. Wenn ich geheiratet habe, dann kommst du mich immer besuchen in den Ferien. Einverstanden?«
»Hab ich da auch ein eigenes Zimmer?«
»Na klar.«
»Vorher müssen wir noch Eva befreien. Wir werden einen Tunnel graben.«
Wir überlegten uns Befreiungspläne. Lou hatte gelesen, daß es möglich war, in Berlin Verwandte rüberzuholen. Wir dachten an die blonde Schwester, die hatte so geweint, als sie schließlich doch zurückgefahren ist. Wir setzten sie verkleidet mit kurzen Haaren und Schnauzbart in Straßenbahnen und Flugzeuge, gaben ihr Schippen in die Hand und Strickleitern zum Mauerwerfen, Funkgeräte, schwarze Sonnenbrillen für uns beide.
Ich blätterte mein Kochbuch durch und ging zu Inge spielen. Noch immer hatten wir Unterricht bei Frau Hartmann, ich hatte sie inzwischen sehr gern.
In mein Poesiealbum schrieb sie mir:

Wer mit dem Leben spielt,
kommt nie zurecht.
Wer sich nicht selbst befiehlt,
bleibt immer Knecht.

Im Turnen übte ich Rolle rückwärts, die klappte nie, ich landete immer schief. Dafür konnte ich ein Rad schlagen, grade und schnell, Kerze ohne Stütze. Spagat hatte meine Mutter verboten, »du spreizt die Beine dir kaputt«, hatte sie gesagt.

Sie kam zurück mit einem sorgenvollen Gesicht und Geschenken für uns beide.

Ich bekam einen kleinen Teller, weiß mit blauem Rand und Blümchen, »Café Kranzler – Berlin« stand da drauf. Sie zeigte uns die Stadt in Knickbildern zum Auf- und Zuklappen, ich bekam mein Buch. »Der Sohn des Kolumbus« – das hatte mein Vater für mich ausgesucht. Kein Mädchenbuch – Lene im Internat – oder so etwas, hatte er zu meiner Mutter gesagt, die ist doch für Abenteuer.

»Ja«, sagte ich zu ihr, »da hat er recht. Ich freu mich. Wie war es denn in Berlin? Erzähl doch mal, wie sieht er aus, wie geht es ihm?«

Sie drehte den Kopf, zischte uns an: »Sirtaki tanzt er den ganzen Tag. Das hat er gelernt die ganzen Jahre, griechisch tanzen, und ich hab's nicht gekonnt. 'ne rote Hexe mit langen Haaren hat neben ihm gesessen. Aber den hab ich mir vorgeknöpft.«

Ihre Hände tänzelten in der Luft, mit der Stimme machte sie ein Singgekreisch. »Leben will er, leben, stellt euch vor. Und was hab ich gemacht, die ganze Zeit? Wie eingegraben war ich hier, jawohl, begraben mit lebendigem Leib, gewartet, gewartet, aber ich sag's euch, dem hab ich die Leviten gelesen.«

Die las sie uns dann auch noch mal vor, »das Nachtleben von Berlin«, davon habe er geschwärmt und war-

um sie denn so ernst sei, ob sie sich nicht freue. Die Männer, sagte sie uns, die Männer.
»Wann ziehen wir denn um?«
»Bald, aber nicht nach Berlin, dafür werde ich sorgen.«
Mit dem Sohn des Kolumbus bin ich ins Bett gegangen und hab den Papa tanzen sehen, Sirtaki mit Händen in der Luft, hatte die Mama erzählt, mit Männern in einer Reihe. Ich sah ihn um den Frühstückstisch in unserem Haus tanzen, im Garten über den Blumen und Büschen, auf Wolken, auf Wellen – Sirtaki.

In den Ferien zogen wir um. Die Möbelpacker kamen, ich streichelte Tell, fuhr noch einmal mit Inge im Wagen – wir schworen uns ewige Freundschaft, Beppo und Fips kamen in Umzugskisten, Winnetou wurde eingerollt, das Krokodil vom Haken genommen, auf Wiedersehen und weg.
Wieder kein richtiger Abschied. Nicht noch mal den Kopf rumdrehen, zum Berg gehen und am Hexenhaus vorbei, vor Annegret prahlen und vor der Schule weinen. Wieder einfach weg. Ich wußte gleich, daß ich Inge niemals schreiben würde, obwohl ich es schwor, das Lügen war egal, ich kannte das ja schon.
Es wurde wieder abgerissen.
Der Möbelwagen fuhr ohne uns, wir nahmen zu dritt den Zug.
Nach Bielefeld ging es.

»Der Papa kocht im Löwenhof«, sagte meine Mutter.
Ankunft in Bielefeld. Kein Vater auf dem Bahnhof. Taxi ins Hotel.
Mama sagt: »gediegen«.
Schön ist er nicht der Löwenhof, aber gediegen. Das Wort paßt zu der ganzen Stadt.
Papa in der Küche. Stand da, weiße Jacke, schwarze Knöpfe, Mütze auf dem Kopf, helles Lachen im verschwitzten Gesicht.
»Tut mir leid, ich hab nicht kommen können«, seine ersten Worte.
»Für alles ist gesorgt« – dann ging er auf mich zu.
»Tag, Anchen.«
Ich antwortete nicht.
»Tag, Lou, was seid ihr groß geworden.«
»Ja«, sagte Lou, »das sind wir.«
Wir guckten uns sehr lange an. Er war dicker geworden. Das Lachen war wie früher.
In meinem Kopf ging ich schnell die Träume durch, blätterte die einzelnen Bilder von ihm auf, verglich sie mit seinem Gesicht, stellte fest, daß alle stimmten.
Er war er. Nach wie vor.
Der Besitzer kam, begrüßte uns, wir sollten im Restaurant essen, unser Vater mußte für uns kochen.
Wir sollten uns um gar nichts kümmern, das war Vaters Wunsch, um das Auspacken und Aufstellen der Möbel nicht, um das Essen nicht, nicht um die Nacht, für alles war gesorgt.

Ich war so sehr auf das Haus gespannt, in dem wir wohnen sollten, »nein, erst morgen«, sagte er, »morgen gehen wir hin. Heute nacht schlafen wir alle zusammen in einer Pension.«
Die Pension lag an einer dicken breiten Straße mit Ampeln und vier Spuren Schnelligkeit. Eine Kirche war nahe dran, das Amtsgericht und das Gefängnis. Mein Vater zeigte zu den Gitterfenstern rauf und sagte, »siehst du, in so was hab ich mal gelebt«.

Wir haben noch ein wenig in tiefen Sesseln gesessen, mein Vater redete von der Arbeit und vom Leben, als hätten wir uns nur für die Stunden der Zugfahrt nicht gesehen.
Daß alles schön ist und noch schöner wird, er betonte es mehrmals. Meine Mutter sah ernst aus, sie gaben sich keinen Kuß.
Dann gingen wir schlafen im Doppelbett, Vater und Mutter, Lou und ich. Das Zimmer war kalt und häßlich, die Lichter von der Stadt flackerten auf Federdecken halbgeknickt. Ich hörte die Autos rauschen wie das Meer und wollte alles glauben.
Ich nahm es mir fest vor.
Die Welt ist gut, die Kellner waren wieder da.
Am nächsten Morgen sind wir zu Fuß zu unserer neuen Wohnung gelaufen, Hermannstraße 64a.
Wir vier in einer Reihe, die Bürgersteige abgesperrt, ich hüpfte an seiner Hand.
»Ich hab wirklich ein eigenes Zimmer?« Ich möchte

es von ihm hören, er soll es mir selber sagen, sagen, daß alles wahr ist.

Er lächelt: »Glaubst du's nicht?«

»Nein«, schüttle ich den Kopf, »nein, ich glaube es nicht.«

»Es ist aber so. Ein ganz eigenes für dich allein. Im dritten Stock mit Fenstern in den Himmel.«

»Und Lou?«

»Lou hat natürlich auch ein eigenes Zimmer. Lou rechts, du links, in der Mitte schlafe ich. Gut so?«

»Ja, gut so. Und meine Sachen, die stehen schon alle da? Wo hängt denn der Winnetou?«

Mein Vater lacht. »Der Winnetou, den wirst du dir schon noch selbst aufhängen müssen. Aber das andere steht schon da. Dein Bett –«

»Mein Bett?«

»Dein Bett steht in der Kammer, die gehört dir auch, da drüber geht es zum Boden rauf.«

Wir gehen schnell die Straße lang. Weil der Bürgersteig zu eng wird, gehen Papa und ich jetzt vor. Am Löwenhof vorbei, die Hermannstraße runter.

»Ist es noch sehr weit, wir sind doch schon auf der Straße.«

»Ja«, sagt er, »noch ganz bis runter müssen wir.«

»Und die Farbe? Ach, erzähl mir doch noch mehr.«

»Gelb«, sagt er. »Gelb. Ein schönes helles Gelb hab ich für dich ausgesucht. Lou schläft in Altrosé.«

»Und die Kammer, in der ich schlafe?« will ich noch wissen.

Wir werden immer schneller, meine Schwester und meine Mutter sind weit hinter uns.
»Die Kammer«, flüstert er und drückt ein wenig meine feuchte Hand, »die Kammer, die ist grau. Mausegrau, wie Eisenstäbe, ohne Licht und ohne Sonne.«
Ich schau in sein Gesicht, die Fratze über mir, »das glaub ich dir nicht, jetzt willst du mich nur ärgern«.
In meinem Magen krampft das Herz.
»Doch, doch«, sagt er, schaut fest in meine Augen, »grau und die Luke nach oben schwarz, für dich gemalt, der Eingang in die Hölle«, drückt mir meine Hand noch fester und noch wärmer.
Wir schwiegen bis zum Haus und warteten auf die beiden. Ich wollte es nicht glauben, ich sah es mir an.
Er hatte nicht gelogen.
Die Kammer war grau, die Holzluke schwarz, das Zimmer wie Zitrone.
Meine Mutter ließ das Bett umstellen, die Möbelpacker schleppten gerade noch die letzten Kisten, wünschten uns viel Glück und fuhren ab.
Da sollten wir also leben.
Mit Hölle überm Kopf und eingefärbten Träumen.

Sie meldeten mich in der Schule an. Die Schule war mitten in der Stadt, zehn Minuten laufen von der Hermannstraße, eine Ampel, ein Asphalthof, keine Wiese. Der Rektor hieß Lindemann, er war alt, streng, schlug noch seine Schüler. Er wollte mich in seine Obhut nehmen, sagte er.

Die Schüler waren anders, breiter zwischen lieb und böse. Es gab ganz fürchterlich liebe, langweilige und ganz böse, dazwischen alles mögliche. Sie rechneten alle schon bis eine Million, ich konnte erst bis tausend, dafür wußte ich etwas vom Dreißigjährigen Krieg, den Schweden und den Rittern. Wir lernten lateinische Wörter, aus Tuwort wurde Verb, aus Hauptwort Substantiv, aus dem Fall ein Kasus.

Die neuen Spiele waren: Rolltreppe in der falschen Richtung laufen, Fahrstuhl fahren in Kaufhäusern, in Pelzgeschäften um Bastelreste betteln, Klingelmännchen, in Unterführungen juchzen.

Mit Lou wußten sie noch nicht so genau, was tun. Sie blieb erst mal zu Hause.

Schreibmaschine lernen wollte sie nicht, malen lernen sollte sie nicht, und wie denn auch, mittlere Reife hatte sie nicht.

Lou träumte im rosa Zimmer.

Ich machte Schulaufgaben in der Küche, ich mochte mein Zimmer nicht.

Wenn wir spazierten, dann liefen wir im Park, sonntags in der Stadt, Schaufenster gucken.

Einmal ging ich mit meinem Vater allein, er zeigte mir einen Nachtclub, die Bilder von Frauen in Schaukästen, fragte mich, ob ich wüßte, was das sei, und grinste.

Er drückte meine Hand noch immer feucht, kochte und schrie mit Mama in den Nächten.
Mein Vater wollte fort, ich wußte es schon.
Das war mein Geheimnis.
Die Tage waren dumpf, einer lebte sich nach dem anderen weg. Die Nächte schwarz. Manchmal ging ich zu Lou ins Bett. Die wollte aber nicht.
Sie sagte, sie sei nun groß. Sie wollte allein sein.
Meine Mutter mußte öfters brechen, war grau und gelb im Gesicht, kämpfte.
Lou sagte, mein Vater hätte sie vergiften wollen.
Dann sind sie wieder alle weg. Ich sitze in der Küche am Tisch, mache Schularbeiten, Rechnen über tausend.
Mein Vater kommt. Ich weiß es schon, es ist soweit. Ich bin die letzte Waffe. Er weiß, ich werde es sagen.
Noch zögert er in meinem Rücken herum, kommt langsam neben den Tisch, stellt sich dicht ran an meinen Körper. Ich gucke auf.
»Na, Anchen«, säuselt er in mein Gesicht. »Hätt ich bloß auf dich gehört, was? Da wär uns viel erspart geblieben.«
Ich antworte nicht, ich weiß, was kommt, ich senk den Kopf.
»Du bist eben einfach klug. Ein kluges Kind, was, Anchen? Du hast ja gleich gesagt, daß die Annegret petzt. Klug bist du, richtig klug.«
Er grinst und grinst sein Gummigesicht, kommt mit

dem Körper näher. Oberschenkel ran an mein Gesicht. »Ein kluges Kind bist du. Und soll ich dir mal was sagen? Es war überhaupt kein Film drin.«
Ich antworte nicht. Ich weiß, was kommt.
Mit der Hand drücke ich den Füller aufs Papier, der Klecks frißt alle Kästchen weg.
»Na, mein Anchen, willst du ihn denn mal sehen?« Er faßt sich an die Hose.
Der Klecks ist blau und fladdrig, ich schüttele mit dem Kopf, schüttele mit dem Kopf, schüttele hin und her, Tränen, Tränen, Hirn verspritzen.
»Nein«, sage ich, »nein.«
Mein Vater guckt mich an, guckt mir ins Gesicht, will sehen, ob es reicht. Sieht, daß es reicht.
Mein Vater geht, er weiß, ich werde es sagen.

Er kam überhaupt nicht mehr nach Hause.
Mein Vater wußte es, auf mich konnte er sich verlassen.
Ich erzählte alles. Meine Mutter zeigte ihn noch am selben Nachmittag an.
Wir haben ihn nie mehr wiedergesehen.
Später haben wir erfahren, daß er mit viel Schulden, einem VW-Bus und der roten Hexe aus Berlin nach Marokko gefahren war. Nach fünf Jahren schickte er mir von dort einen Lederbeutel, rot mit goldnen Sternen. Aus Stolz, sagte meine Mutter, solle ich den zurückschicken.
Ich hab's gemacht, hätte ihn lieber behalten.

Rolltreppen rückwärts fahren. Mama geht allein in die Schule. Herr Lindemann will mich beschützen. Karneval werde ich als Ntschotschi gehen, Mama sagt, das ganze Geld ist fort. Das Silber auch, endgültig weg. Das hat er alles noch geschnappt.
Draußen ist Nebel, der Monat ist November.
Am Abend gehen wir Laterne auf der Sparrenburg. Alle gehen Laterne: Mütter, Väter, Kinder, Omas, Opas, Onkel, Tanten, wir auch. Als sei nichts gewesen. Vom letzten Geld haben sie mir eine Laterne gekauft, gehe auf mein Licht, damit soll ich singen, wie es in dieser Stadt alle tun. In Rothenburg haben sie das nicht gemacht, da gab es nur die Sternensinger, in Bielefeld laufen sie mit ihren Laternen um eine Festung, dahinter liegt Bethel, ein Stadtteil für Idioten. Alle machen es, ich auch.
Ich soll singen und fröhlich sein und ein ganz normales Kind.

Am nächsten Tag fängt Mama in den Ankerwerken an. Ich muß zum Polizeiverhör.
»Hermannstraße vor bis zur August-Bebel und die gerade runter, bis du an das Hochhaus mit den vielen Fenstern kommst auf der rechten Seite, da gehst du rein. Hast du gehört?«
»Ja, Mama.«
Ich gehe auf der langen Straße. Was soll ich denen sagen? Die Autos rauschen an mir vorbei, hätt ich ein Auto, wär ich schneller da und schneller zurück. Ich

beeile mich, Kinder können nicht Auto fahren. Kinder müssen laufen. Ich werde immer schneller. Schnell hin, schnell zurück. Ich komme an im Hochhaus mit den vielen Fenstern, bin ganz aus der Puste.
In den Fahrstuhl muß ich rein, der bringt mich zu einer Polizistin.
Es ist alles leise und grau, grün und grau. Teppichboden, Türgriffe, Uniformen, Faltenröcke, leise, dumpf.
Die Frau, die mich verhört, hat keine Uniform an. Sie hat ein weißes Gesicht mit eingerollten Lippen, hochtoupierte Haare.
Sie versucht einen Tantenblick.
»Na, du bist wohl die kleine Krisch?«
Sie mustert mich.
»Soso, dann setz dich mal da hin.«
Ich sink in einen Sessel vor ihrem dicken Schreibtisch. Der Sessel dreht sich hin und her. Durch die Scheiben sieht man Bielefeld.
»Na, dann erzähl uns mal, wie das war mit deinem Vater.«
Sie macht einen spitzen Mund.
Euch werde ich nichts sagen. Wie sie denke ich, daß sie in der Mehrzahl ist. Mehrzahl heißt Plural.
Euch sag ich nichts.
»Du hast das ja schon in Rothenburg mit deinem Vater gemacht, muß ich hier lesen.«
Sie blättert in verknitterten Seiten herum. Vor und zurück.

»Erzähl doch mal, wie hast du das denn gefunden, was dein Vati mir dir gemacht hat, hmm?«
Ich sag Papa, ich werde euch nichts sagen.
Ich dreh mich auf dem Stuhl, rucke meinen Körper hin und her, mach die Lehnen feucht vom Händedruck.
Das Wasser, das aus dem Mund geht, fließt wahrscheinlich in die Hände.
»Du bist jedenfalls immer mit ihm mitgegangen, in Rothenburg, in den Keller. Willst du mir das nicht erzählen?«
Wenn ich als Ntschotschi gehe, brauche ich braune Schminke, rotbraun, Lou wird das schon machen. Sie hat gesagt, sie näht mir ein Kostüm.
»Da haben wir ja heute eine sehr störrische kleine Dame sitzen. Wenn du deinem Vati helfen willst, mußt du mir schon antworten.«
Auf einer Postkarte habe ich es genau gesehen, sie hat ein Stirnband um und nur eine Feder im Haar. Männer haben viele Federn, Frauen nur eine. Und einen Seitenzopf. Die Haare müssen mir wieder wachsen.
»Hörst du, du mußt mir antworten.«
Die Dacki hat mir erzählt, daß sie jedes Jahr Karneval feiern, es gibt Nudelsalat, sie spielen Schnellessen mit Anhalten und Starrwerden, Reise nach Jerusalem, blinde Kuh, Topfschlagen.
»Ich glaube fast, du willst nicht mit mir reden. Vielleicht war das ja gar nicht so schlimm. Hat dir das nicht Spaß gemacht mit deinem Vater im Keller?«

Knallbonbons ziehen sie und werfen Konfetti, was hat sie da gesagt, diese mistige Kuh? Was hat sie da gesagt?
»Nein!« schrei ich ihr ins Gesicht.
Die Annegret zischt, du kommst ins Internat, deinem Papa gehört der hm abgeschnitten.
»Nein! Nein, nein, nein!«
»Na, ist ja gut, beruhigen wir uns mal. Das einzige, was du mir sagen willst, was?«
Ja, denke ich, das einzige. Ich brüll es dir noch mal vor. »Nein!«
»Ja, ja, ist gut. Du kannst gehen.«
Ich rutsch den Sessel runter, schau mich nicht um nach der toupierten Hexe, der hängt die Spucke in den Winkeln von ihrem schmalen Ritzenmund. Die Tür fällt dumpf ins Schloß. Ich lauf die Treppe runter. Viele viele Treppen. Als Ntschotschi gehen. Nein! Raus. Raus hier. Wo sind hier die Mörder? Ich rase die Treppe runter. Prall vor eine Uniform, streife den Revolver. Halt mich am Geländer fest. Papa drückt die Hand, Frühstückstisch. Na, mein Anchen, war es schön im Keller? Nein, nein. War es nicht doch schön im Keller? Was hat sie gesagt? Was? Schön? Schön? Schön?
Die letzte Stufe. Raus!
Ich rase die August-Bebel-Straße entlang, den Kopf voller hundsgemeiner Wörter. Lauf und lauf.
Irgendwann ist es dann gut, ich halte ein und hole Luft. Schau mich um. Die Stadt ist grau. Alles grau,

grau wie meine Kammer. Straßen voller Nebel. Die Luft riecht billigsüß nach Keksen aus der Sum-Fabrik.
Auf meiner Haut... ich schwitze.
In drei Tagen werde ich elf.
Ich wisch die Hände am Pulli ab.
Ich gehe langsam weiter.

Der Balkon ist himmelblau gelackt am Boden, hochgemauert aus Stein, mit Blick in saubere, nie betretene Gärten. Hier wohnen keine Kinder, nur Pudel in Silber und Schwarz hüpfen nach Gummibällen wie Aufziehpuppen.
Tauben, Amseln, Spatzen auf den Bäumen, die Gärten sind arm.
Ich sehe sie nicht.
Ich hocke in dem Himmelblau, barfuß auf dem Lack. Um mich herum ist Wasser, gerade so viel, daß es nicht über die Türschwelle ins Wohnzimmer läuft.
Ich hab es mit Eimern auf den Balkon getragen und ausgekippt.
Ich wollte ein Meer bauen.
Da ist es nun, ein Rechteckmeer. Ich hocke mittendrin, patsche mit der flachen Hand die Wellen auf.
Beruf: Wellenmacherin.
Um mich rum schippern Plastikboote, wo der Horizont ist, laß ich sie untergehen. Ich sag es ihnen vorher.
Achtung! ruf ich ihnen zu. Ihr fahrt jetzt zu der Run-

dung hin, da ist für euch der Himmel, da fallt ihr rein.
Käpt'n voraus. Schiff ahoi. Ich patsch noch ein paar Wellen und drück sie tief ins Meer.

Ich bin allein im Haus. Mama an der Arbeit, Lou in der Reste-Truhe, da verkauft sie jetzt Stoffe, »der Meter 'ne Mark«.

Die Sonne scheint. Ich spiel mich in ein fernes Land, eins, das ich nicht kenne.

In den Händen mein größtes Schiff, ich schieb es an die Grenze.

Mein Schiff und ich, wir rutschen vor, langsam vor zum Ende hin. Da, siehst du, da, da ist der Horizont, die Mauer da, da fällt der Himmel in die Erde, mein größtes Schiff, ich schieb dich hin.

Mein Rock wird naß. Ich knie jetzt.

Der Rock hängt ganz im Wasser.

Das Wasser beult sich über die Schwelle weg, ins Wohnzimmer rein. Es ist mir egal. Langsam, langsam rutsch ich vor, mein größtes Schiff am Schieben.

Mein Bauch wird naß, es kommt an meine kleinen Brüste, oh, Kapitän, die Grenze kommt, näher näher, siehst du sie, so blaublaublau, oh, Kapitän, paß auf, die Arme sind naß, toten Mannes Kiste, hejohe, der Hals wird naß, mein dickstes Schiff, ich schiebe dich, ich schieb dich an die Grenze. Ich strecke mich, die Mauer kommt, Gesicht wird naß. Mein dickstes Schiff – es muß mit mir versinken.

Ich danke Krystyna Zywulska für die Anregungen und den Mut, den sie mir gab, Bärbel Hommel für die praktische Mithilfe und dem Kulturamt der Stadt Düsseldorf für die finanzielle Unterstützung meiner Arbeit an diesem Roman.